U1016906

大道无垠

在「浙」里打开共富画卷

何玲玲　王俊禄　方问禹　著

新华出版社
浙江摄影出版社

出版统筹：郑　重　景迪云

责任编辑（浙江摄影出版社）：陈　云　贺　璐　陈璐璐
责任编辑（新 华 出 版 社）：张　谦　樊文睿
装帧设计：浙信文化
责任校对：高余朵
责任印制：汪立峰　陈震宇
联合出品：浙江画报社
杭州我们读诗文化传播有限公司

图书在版编目（CIP）数据

大道无垠 ：在“浙”里打开共富画卷 / 何玲玲，王俊禄，方问禹著. -- 杭州 ：浙江摄影出版社 ；北京 ：新华出版社，2023.6
ISBN 978-7-5514-4457-6

Ⅰ. ①大… Ⅱ. ①何… ②王… ③方… Ⅲ. ①报告文学－中国－当代 Ⅳ. ①I25

中国国家版本馆CIP数据核字(2023)第057141号

大道无垠
在“浙”里打开共富画卷
DADAO WUYIN
ZAI “ZHE” LI DAKAI GONGFU HUAJUAN

何玲玲　王俊禄　方问禹　著

新 华 出 版 社
浙江摄影出版社 出版发行

地　址：北京市京原路 8 号（新华出版社）
杭州市体育场路 347 号（浙江摄影出版社）
网　址：www.xinhuapub.com
www.photo.zjcb.com
电　话：010-63072104
0571-85151082　87858612
制版：杭州浙信文化传播有限公司
印刷：浙江海虹彩色印务有限公司
开本：710mm × 1000mm　1/16
印张：14.25
2023 年 6 月第 1 版　2023 年 6 月第 1 次印刷
ISBN　978-7-5514-4457-6
定价：68.00 元

中国式现代化的本质要求是：坚持中国共产党领导，坚持中国特色社会主义，实现高质量发展，发展全过程人民民主，丰富人民精神世界，实现全体人民共同富裕，促进人与自然和谐共生，推动构建人类命运共同体，创造人类文明新形态。

——习近平总书记在中国共产党第二十次全国代表大会上的报告

（2022 年 10 月）

目　录

序　章　/　001

历史的天空，回荡着共富梦想　/　003

社会的演进，难以避免的分化轮回　/　005

共同富裕，新时代的必答题　/　007

坚持“两个结合”，推进中国式现代化　/　009

第一部分　为什么是浙江　/　013

第一章　大道溯源　/　013

引　言　/　015

改革引领　/　018

农民变股民，渔村新玩法

转换动能 / 028

文明原野崛起科创高地

民呼我为 / 033

“小橘灯”照亮“共富路”

协调发展 / 039

惠风和畅古兰亭

美好家园 / 045

在湖州看见美丽中国

平安是福 / 050

“枫桥经验”历久弥新

以文化人 / 057

转角遇到美

第二部分 求解共同富裕 / 063

第二章 聚焦人的现代化 / 063

让技工有盼头 / 065

“常山阿姨”成品牌 / 069

有梦想谁都了不起 / 073

第三章　推动高质量发展　/　079

数字赋能“块状经济”　/　081

民营经济新飞跃　/　084

从“雏鹰”到“鲲鹏”　/　088

第四章　打造诗意栖居地　/　093

唤回绿水青山　/　096

扮靓美丽经济　/　098

追求和谐美好　/　100

“浙”里万类竞自由　/　102

第五章　富了口袋富脑袋　/　107

左手烟火，右手诗意　/　109

推窗见绿，出门入园　/　111

身有所栖，心有所寄　/　115

第六章　缩小差距促均衡　/　119

城与乡各美其美　/　121

着力“扩中”“提低” / 124

区域协作“双向奔赴” / 128

第七章 拓宽共富康庄路 / 133

打造共富型大社保体系 / 135

引导先富帮后富 / 139

“万企兴万村” / 143

第八章 念好新的山海经 / 147

发挥乡村比较优势 / 149

“蚂蚁雄兵”闯山海 / 153

“弄潮儿”的乡土情结 / 158

第三部分 逐梦中国式现代化 / 163

第九章 共富故事汇 / 163

“上古小城”奔共富 / 165

乡村“金牛”拓富忙 / 169

古韵新风，临平不平 / 173

“一老一幼”总关情 / 178

三代瓜农的“甜蜜事业” / 181

“浙里捐赠”探路三次分配 / 186

“幸福邻里坊”巧破心墙 / 189

金融活水“支农支小” / 192

代后记 / 197

在推进中国式现代化中求解共同富裕共性难题 / 199

附　章　重要文件 / 203

中共中央 国务院关于支持浙江高质量发展建设共同富裕示范区的意见 / 205

六和听涛，钱塘繁华（胡鉴 摄）

序章

历史的天空，回荡着共富梦想

群山夹峙，水阔山远。良田阡陌纵横，沙洲星罗棋布；百姓傍水而居，恬淡闲适富足。在钱塘江上游的富春江两岸，人与自然和谐共处，铺陈出一幅平静美好的诗意画卷。

这是600多年前，元代画家黄公望笔下的《富春山居图》。

如今的富春江畔依然一派繁华盛景。随着历史变迁，这一带除了乡野耕牧，还衍生出湿地、森林公园，以及农旅、文创等新形态，形成了江南地区独特的自然人文景观，当地百姓正沿着中国式现代化的康庄大道阔步前行。

以诗意，共远方。

党的二十大开启了以中国式现代化全面推进中华民族伟大复兴的新征程。浙江牢记殷殷嘱托，深入实施“八八战略”，锚定高质量发展首要任务，抓住创新深化、改革攻坚、开放提升这一基本路径，聚力驱动高水平创新、突破高难度改革、扩大高能级开放、走向高品质生活、形成高效能治理、打造高认可模式，以共同富裕先行示范的实干实效生动展示中国式现代化的生动图景。

共同富裕，这是一个亘古以来，中华文明孜孜以求、人民群众世代期盼的美好世界。

共同富裕，它一头连着中华民族伟大复兴的“大梦想”，一头连着每个家庭、全体中国老百姓的“小日子”。

若单论一个“富”字，富甲天下者自古有之，国富民强之盛世也不罕见。

但富民之难，难在共同，也重在共同。

自古以来，我国就有“天下大同”的思想。纵观中华民族发展史，实现共同富裕既是广大民众最质朴的生活理想，也是历代先贤不懈的追求。

古人的共富意识是自发的、朴素的，源自对“天地之道”的不懈追寻。翻开典籍，从《易经》的“裒多益寡，称物平施”“损上益下，民说无疆。自上下下，其道大光”，到《礼记》的“黄帝正名百物，以明民共财”；从《管子·霸言》“以天下之财，利天下之人”、《道德经》“损有余而补不足”，到《论语·季氏》“不患寡而患不均”，先人们将大自然的普惠与人类社会的公平相关联，倡导效法自然，弘扬天道。

先秦思想家们认为，对幸福生活的追求源自人的本性。实现理想的社会状态，需要保障人人有追求富裕的机会，强调下层民众的富足安乐，“下贫则上贫，下富则上富”（《荀子·富国》）。因此希望施政者“为政以德”“选贤与能，讲信修睦”，使“老有所终，壮有所用，幼有所长”，最终实现社会大同。

统观早期农家的“并耕而食”理想、道家的“小国寡民”理想、儒家的“大同”理想，以及近代孙中山的“天下为公”理想，千百年来，中华民族对幸福生活、共同富裕的憧憬和追求从未止步。

纵览上下5000年，可以看到这种意识与人类文明进步史如影随形。只不过囿于生产力发展阶段和认知水平，往往限于“大庇天下寒士俱欢颜”这种乌托邦式空想。士子们将希望寄托于统治阶级施舍，从而实现“大同”的想法，却屡屡破产。

社会的演进，难以避免的分化轮回

共同富裕，是一项没有现成经验、需要依靠非凡智慧和坚定毅力来成就的人类事业。

从社会演进历程看，原始社会由于生产力低下，难有富余财产，更遑论实现共同富裕。之后的阶级社会，两极分化状态更是形成了历史周期率，你方唱罢我登场，一场场盛衰轮回接替上演。

当土地过分集中于豪强、天灾引发饿殍遍野、“何不食肉糜”的阶级反差严重到引发底层人民奋起反抗时，这种分化就到了阶层重构的关口。所以，在中国历史上，“等贵贱、均贫富”“耕者有其田”等朴素的主张屡次成为振奋人心的愿景，出现在农民起义的旗帜上，招募受压迫者揭竿而起。

也难怪史学家论断，两极分化是历史上的阶级社会难以摆脱的宿命。

在社会主义制度诞生之前，从没有一种社会制度是以共同富裕为目的的。所以，共同富裕被认为是社会主义的本质要求。

资本主义社会的发展史，也是资本劫掠四方、压榨剩余价值、追求利润最大化的历史。在资本主导的社会里，共同富裕依然只能是一个落寞的梦想，鲜有践行者。

追求国富民强、探索现代化——是曾在如晦风雨中艰难跋涉的中国，梦寐以求的曙光。

近代以来，从洋务运动的“师夷长技以制夷”，到戊戌变法的“变法图强”，再到辛亥革命的“资产阶级共和国”“振兴实业”方案……为了成就民族独立的历史伟业，为了追赶以工业化为标志的现代化进程，一代代仁人志士前仆后继、上下求索。

《建国方略》中，孙中山先生为谋求近代中国的现代化描绘了一份蓝图：修建全国公路网、约 10 万英里铁路、3 个头等大海港，还有建造水坝……但以当时羸弱的国力，这些梦想似乎遥不可及。

观今日之中国，康庄路串联城乡，高铁网动脉通畅，超级港连接世界，大国工程改天换地，数字经济、新能源产业方兴未艾。盛世如先辈所愿，现代化程度甚至远超设想。

“只有我们中国共产党人实现了。”这是历史之叹，也是时代之愿。

马克思、恩格斯指出，未来社会中，“生产将以所有的人富裕为目的”。

科学社会主义的诞生，为人类指明了新方向、新出路，也只有在科学社会主义指导下，共同富裕才从空想变成了可能。

中华人民共和国成立之初，毛泽东同志说：“这个富，是共同的富，这个强，是共同的强，大家都有份。”

改革开放后，在总结正反两方面的经验基础上，我们党深刻认识到“贫穷不是社会主义”，要打破传统体制束缚，允许一部分人、一部分地区先富起来，推动解放和发展社会生产力。

当中国特色社会主义进入新时代，我们把决胜脱贫攻坚、促进全体人民共同富裕摆在更加重要的位置。

“坚定不移走共同富裕的道路！”誓言穿越百年烟云。从嘉兴南湖红船到巍巍中华巨轮，从上海石库门到北京天安门，让人民过上更好的日子，是中国共产党人矢志不渝的追寻。

正是在中国共产党的领导下，历经百年奋斗，饱受欺凌的中国如雄狮般醒来，屹立于世界东方，迎来从站起来、富起来到强起来的历史性跨越新阶段，正努力开辟中国式现代化的新道路，创造人类现代化史上的新奇迹。

共同富裕，新时代的必答题

共同富裕，是一个时不我待、事关未来发展和全局大业，必须作出回答的时代之问——

发展为了谁？这是一个政党、一个国家最底层的逻辑起点，最深层的价值取向。

“我们追求的发展是造福人民的发展，我们追求的富裕是全体人民共同富裕。”

党的二十大报告进一步明确，中国式现代化的本质要求是：坚持中国共产党领导，坚持中国特色社会主义，实现高质量发展，发展全过程人民民主，丰富人民精神世界，实现全体人民共同富裕，促进人与自然和谐共生，推动构建人类命运共同体，创造人类文明新形态。

推进共同富裕，是在探索人类文明新形态的进程中，对生产关系进行的一次深层次变革，是一项超越西方现代化和福利社会的开创性事业，面临着原创性理论体系构建、关键性课题实践探索、普遍性经验模式提炼等重大任务。

如何“共同”？

共同，是在高质量发展的基础上，让发展成果更好、更公平地惠及全体人民；是“想群众之所想，急群众之所急”“努力让每个人都有人生出彩的机会”；是不断缩小地区、城乡、收入差距，让区域、行业发展更协调、平衡和包容；是追求全体人民而非少数人的富裕，也是人民群众物质生活和精神生活都富裕；是人与自然和谐相处，就是人与山、水、林、田、湖、草、沙构建起文明美丽大家园……

2021 年 6 月，中共中央、国务院印发文件，赋予浙江高质量发展建设共同富裕示范区的光荣使命。

两年来，浙江勇扛使命、大胆探索，大力推进“扩中”“提低”，着力打造一批重大标志性成果、机制性制度性创新模式、改革方案，蹄疾步稳地推进示范区建设。

如何在推进中国式现代化进程中，求解共同富裕共性难题？

浙江正努力抓住这些关键词——

牢牢把握高质量发展这个“基石”；

牢牢把握全体全面这个“导向”；

牢牢把握分阶段推进这个“策略”；

牢牢把握共创共建这个“基调”；

牢牢把握群众获得感这个“标尺”；

…………

共同富裕不是一蹴而就的，需要久久为功、绵绵用力，既“慢不得”又“急不得”。浙江正扎扎实实探索推进，持续激发全社会创新、创业、创造活力，争取推出更多标志性成果，为全国提供启示。

坚持“两个结合”，推进中国式现代化

“参天之木，必有其根；怀山之水，必有其源。”包含“全体人民共同富裕”等五方面鲜明特征的中国式现代化，是人类文明新形态，不仅彰显了马克思主义的真理价值，还展现了中华优秀传统文化的思想魅力。

鼓励勤劳创新致富，提倡“幸福生活都是奋斗出来的”；坚持公有制为主体、多种所有制经济共同发展；强调尽力而为、量力而行，坚持循序渐进……我们对共同富裕的谋划，是对马克思主义政治经济学的守正创新，与中华优秀传统文化一脉相承。

中国式现代化，是马克思主义基本原理与中国实际相结合的最新理论成果与实践范式，同时进一步揭示了马克思主义对资本主义弊病的深刻批判。比如，它将实现全体人民共同富裕作为中国式现代化的本质要求，超越了西方现代化所遵循的生产力发展绝对服从资本的逻辑；它提出的物质文明和精神文明相协调的现代化，克服了资本主义现代化将剩余价值作为终极追求的弊病。

传统承载着民族的基因根脉，文化流淌着国家的底色本源。在推进中国式现代化进程中，传承和弘扬中华优秀传统文化，不仅具有重要的历史意义，还有重大的现实意义。

以史为鉴，可以知兴替；鉴往知来，可以察趋势。中华五千年文明中蕴藏的精华，是我们最深厚的文化软实力，更是坚定文化自信的重要前提。站在中华文明的高度，开创中国特色社会主义伟大事业新局面，“走自己的路”，才能底气十足。

“周公吐哺，天下归心。”中国古代圣贤的理念，体现在发展生产和治理国家的各个方面，展现出在政治、经济、文化、教育、法律、军事、外交中的独特智慧，蕴藏着不少解决当代人类难题的“金钥匙”。

翻开典籍，对照当下，中华优秀传统文化中蕴含的深刻内涵，同中国式现代化的主要目标一脉相承。

“老吾老，以及人之老；幼吾幼，以及人之幼”，对应着我们将实现的现代化，是人口规模巨大的现代化，秉持的是扶危济困、“一个都不能少”的情怀；“天下为公”“民为邦本”，契合了中国式现代化必然是共同富裕的现代化这一追求；“厚德载物”“讲信修睦”的传统，赋予了我们物质文明和精神文明相协调的现代化目标；“道法自然”“天人合一”的哲学，融入创新、协调、绿色、开放、共享的新发展理念；“和合共生”“和而不同”的理想，展现了中国走和平发展道路的大国风范……

“问渠哪得清如许？为有源头活水来。”推进中国式现代化，亟待我们加强对中华优秀传统文化的系统挖掘和充分吸收，将传世智慧更丰沛地引入当代，汲取民族复兴的不竭动力。

大道无垠，壮阔浩荡。

中国式现代化从5000年积淀中走来，正投身一场远古文明与未来理想社会的“双向奔赴”。根植中华文明沃土，承载深厚历史积淀，将为我们的事业稳根固基、保驾护航，推动中华民族伟大复兴乘风破浪、一往无前！

促进全体人民共同富裕是一项长期艰巨的任务，需要选取部分地区先行先试、作出示范。浙江省在探索解决发展不平衡不充分问题方面取得了明显成效，具备开展共同富裕示范区建设的基础和优势，也存在一些短板弱项，具有广阔的优化空间和发展潜力。

——《中共中央 国务院关于支持浙江高质量发展建设共同富裕示范区的意见》

（2021 年 6 月发布）

杭州下姜村（胡鉴 摄）

第一部分 为什么是浙江

第一章 大道溯源

引 言

2021年6月10日，《中共中央 国务院关于支持浙江高质量发展建设共同富裕示范区的意见》发布，赋予浙江先行先试为全国实现共同富裕探路的使命。

为什么是浙江?

首先，发展水平较高。浙江民营经济发达，人均收入排在全国前列。截至2022年，浙江城镇和农村居民人均可支配收入分别连续22年、38年居全国各省（区）第一。

其次，发展相对均衡。2022年，全国城镇居民可支配收入约为农村居民的2.45倍，但浙江2022年城乡居民收入比为1.90：1，这一数据是全国最低之一。

再次，创新意识较强。很多改革措施率先在浙江出现，进而向全国推广。可以说，在改革和发展方面，浙江积累了很多好经验、好做法。各级干部也能把握好改革与开放的互动关系，通过改革来解决开放和发展中的问题，进而促进改革。

对浙江而言，这既是中央赋予的光荣使命，更是步入新发展阶段的重大历史机遇。2021年7月19日，《浙江高质量发展建设共同富裕示范区实施方案（2021—2025年）》公布。浙江通过高规格建立工作体系、高水平编制“四张清单”、高标准启动试点先行示范，“清单化”推进各项改革部署落到实处。

知所从来，方明所往。

2023年，是浙江“八八战略”实施20周年。

21世纪初，浙江发展遭遇“成长的烦恼”。时任浙江省委书记习近平在深入调研的基础上，以战略家的眼光重新审视浙江的资源禀赋，作出了“发挥八个方面的优势”“推进八个方面的举措”的决策部署，简称“八八战略”，其中明确提出“必须着力增强发展的全面性、均衡性、协调性，以更大力度统筹城乡区域协调发展，走共同富裕之路”。

“八八战略”科学分析了浙江的独特优势和发展重点，从理论和实践上为浙江共同富裕先行奠定了坚实基础，指明了浙江共同富裕先行的一条内生性发展道路，谱写了协调发展的新篇章。

回望20年发展历程，“八八战略”引领浙江率先突破发展不平衡不充分困境，为浙江在高质量发展中促进共同富裕破了题、指了路。

一张蓝图绘到底，一任接着一任干。深入实施“八八战略”的实践历程，就是加快推动共同富裕的奋斗历程。

20年来，历届浙江省委、省政府始终把“八八战略”作为引领浙江发展的总纲领，持续深化“千村示范、万村整治”工程、低收入农户奔小康工程、山海协作工程，扎实推进大湾区、大花园、大通道、大都市区建设，实施富民、惠民、安民行动等，共同富裕的基础愈加厚实，发展质量和效益再攀高峰。

得益于此，浙江成为百姓感受最安全、最幸福的省份之一，建成了全国首个生态省，也是全国唯一一个所有设区市人均收入水平都超过全国平均水平的省份。

2023年以来，浙江全省上下全面对标中央战略部署，全面对照“5年有大进展”目标要求，争取国家支持有力度，推进改革探索有突破，创新模式机制有成效，深化基层试点有实招，形成比学赶超之势、合心合力之干、创新创造之为，进一步推动了共同富裕示范区建设走深走实。

浙江省委提出，在新征程上推动共同富裕，必须切实增强政治责任感和历史使命感——

坚持循迹溯源，学深悟透习近平新时代中国特色社会主义思想，达到跟随感悟、对标检视、开拓创新、发展升华四种境界，展现勇立潮头新担当；

坚持调研开路，沉浸式找问题，出实招解难题，全力破好关键题，力行解题破难新作为；

坚持高标实效，始终聚焦群众最关心、最期盼、最有获得感的领域，突出真实可感、重大共性、未来指向，推出先行示范新成果；

坚持稳扎稳打，目标上坚定不移，策略上积极稳妥，推进上防范风险，逐步迈上共富新台阶。

改革引领

20年前的一天，浙江台州路桥区南官河边，老街熙熙攘攘。路桥是吉利汽车创始人李书福的老家，有“商都”的别称，当地人对市场有着敏锐的嗅觉。说到这里人的精明能干，“头发都是空心的”（指心思多，头发里充满了智慧）。

老式收音机里，传出那个时代特有的“呐喊式”广告：“卖二手音响、二手家具……”

在那个年代，商品种类并不丰富。在“商都”路桥这个以小商品起家的地方，市场上最多见的也仅是日用百货等小商品，大件商品少有人买卖。

路桥区有一个很厉害的村，叫方林村。但在更早前的1982年，方林村村民人均收入仅为187元，且村集体经济亏欠外债15万元。当时，村内主要道路上到处是石窟窿，被外人戏称“石路窟”。

然而，得市场之先和改革东风，村里一批人敢拼敢闯，带动小村办了规模庞大的二手车市场，影响力覆盖浙江乃至整个长三角。近些年，村里的商品还大批出口国外。

敢为人先的方林村，是浙江改革开放进程的一个缩影。

浙江是改革开放的先行地，多年间形成了独特的体制机制优势。2003年7月，浙江省委第十一届四次全会提出的“八八战略”，在改革的战略地位方面，把“进一步发挥浙江的体制机制优势”摆在“八八战略”首要位置。

改革使浙江经济社会活力不断增强、体制机制优势不断显现、制度红利不断释放。

共谋一盘棋，同谱协奏曲。浙江一任接着一任干，持之以恒深化各领域改革，取得了显著成效：再创民营经济新优势、深化要素配置市场化改革、新型城镇化建设、扩权强县和强镇扩权、“最多跑一次”“最多跑一地”改革、国家监察体制改革、河长制、特色小镇、党建引领“共富工坊”、亩均论英雄……一大批做法和经验被全国推广。

20 年来，浙江始终坚持以经济建设为中心，推进体制机制改革创新，保持经济持续快速增长与社会长期和谐稳定，推动从总体小康向社会主义现代化加速迈进的整体跃迁。其中，GDP（国内生产总值，下同）从 2002 年的 0.8 万亿元跃升到 2022 年的 7.77 万亿元，连续 29 年稳居全国第 4 位；第三产业占比从 40.3% 提高至 54.3%，数字经济增加值占 GDP 比重超过 50%。

如今再去方林村，方林二手车市场、方林汽车城、F7 汽车广场……各大商城内各种款式的汽车令人目不暇接。

难以想象，位于浙东南的这样一个普通村庄，藏着买卖全球的汽车销售方阵。方林村已实现市场年交易额 208 亿元，村民每股分红 4.9 万元。

“市场兴村，勤劳致富。”路南街道办事处负责人说。方林村抓住改革机会，大力发展村集体经济，推动“资产变股权，农民当股东”，有效激发了农村发展活力、拓宽了农民增收渠道，带动周边村庄走出一条共同富裕之路。

在台州，农民持股计划、低收入农户增收“新九条”、巩固提升村级集体经济意见等政策陆续出台落地，农村居民收入加快增长。在整个浙江，共同富裕重大改革，特别是“扩中”“提低”改革被提上日程，机制性制度性创新成果正加快形成。

干部敢为，企业敢闯。位于温州市乐清市磐石镇的浙江云谷大数据中心，依托 10 万台专业服务器，将温州的数据存储和传输能力提升两倍以上，吸引一批龙头机构和企业携项目签约入驻。

按照“每年有新突破、5年有大进展、15年基本建成”的安排，浙江将用3个五年规划的时间压茬推进，争取不断形成阶段性、标志性成果。

从美好愿景到绘制施工图，在共同富裕示范区建设进程中，浙江的认识理解更加到位、思维路径更加清晰、目标任务更加聚焦、推进步伐更加有力。

高质量发展是实现共同富裕的根本途径。党的十八大以来，浙江经济社会发展保持稳中求进的好势头，经济实力在迈向高质量发展中稳步提升。围绕扎实推动共同富裕，浙江认真落实党和国家重大战略部署，制定出台实施方案，明确实施路径，提出两个阶段性目标，共同富裕的美好生活图景正在徐徐铺展。

浙江正着力打造一批标志性成果，其中一个关键指标是到2025年，家庭年可支配收入10万元到50万元的群体比例达到80%、20万元到60万元的群体比例力争达到45%。为此，浙江正坚持系统观念，从全面拓宽居民增收渠道、创新完善分配调节机制、加大普惠性人力资本投入、加强困难群体帮扶、全力减轻不合理负担等方面，探索实现路径。

“扩中”“提低”要聚焦重点群体。浙江面向包括产业工人、专业技术人员、个体工商户与小微创业者等“扩中”群体，以及低收入农户、进城务工人员、困难群体等“提低”群体分类施策。

浙江将坚持国家所需、浙江所能、群众所盼、未来所向，推动有效市场和有为政府更好结合，全面深化社会领域改革，有效破除制约高质量发展的体制机制障碍，加快建立体现社会公平的收入和财富分配机制、公共服务优质共享机制、省域一体化发展机制，加快形成一批可复制、可推广的普遍性经验。

农民变股民，渔村新玩法

除了观海、听涛，看错落有致的石屋，村里没有其他景点可供游玩。

关键是，村里留不下游客，美景也难以“变现”。

海风猎猎，阳光有些刺眼。清瘦的海边汉子吴法林站在礁石上，出神地盯着远方的海天连接处发呆。

海浪像片片鱼鳞铺向远方，又像千万条鱼儿在向岸边跳跃。

在渔民眼里，一切都可以跟鱼扯上关系。

有段时期，这片海被篦子一样的渔网“梳”了一遍又一遍，渔船越造越大，网眼却越来越小。对海洋生物来说，那网真叫“断子绝孙网”。

恶果显而易见——僧多粥少，渔民出海几个月，收获寥寥，柴油费都赚不够，水手也招不到了。最近十来年，政府强力整治，刹住了竭泽而渔的风气，大批渔民转产，渔业生态这才慢慢恢复。

“都说‘靠海吃海’，问题是怎么也吃不饱。现在这光秃秃的海，有啥看头！”一名路过的男人抱怨道。

吴法林回过头，看到一张阴郁的脸。多年的海上作业，让这张脸满面酱红色。

“你看我老婆老家那个村，办厂收租多好赚钱。你们当干部的，别光嘴上一套一套的，能不能多干点实事？”男人不依不饶，撂下几句狠话和一个烟头。不等人回话，他就愤愤地走了。

男人姓顾，自小就跟着父辈出海打鱼，几年前不得不弃船上岸。为了养活家里的老人孩子，老婆去了城里饭店打工。除了打鱼，老顾别的也不会什么。因参与一次违规捕捞，老顾被罚了 1 万多元钱。他觉得村干部没帮他说话，所以对村干部一向没好脸色。

老顾也不记得祖辈是什么时候搬到这里的，他只记得小时候一网下去，满眼的鱼儿乱跳。哪怕困难时期，在海边也基本饿不着。

这是浙江省玉环市干江镇的上栈头村。从方位看，楚门半岛像一把虎钳楔入东海，上栈头村就位于这虎钳的尖端处，南与洋屿岛、大鹿岛、鸡山岛等岛屿隔海相望，背靠大山，面朝大海，是一个历史悠久的高山老渔村。

来自太平洋的海风经年累月吹过这里，时而猛烈，时而轻柔，雕刻着礁石和岸线。如果曹操来了，大抵会在这里找到“东临碣石，以观沧海”的壮阔情怀。而在渔民眼中，高山渔村一度带来的是落后和不便。

村里有357户1036人，耕地只有40亩。原先村民世代以捕鱼为主业，现已基本弃海转业，办厂经商的不少，但总体以打工务农居多。

10年前，这个高山渔村基础设施不齐全，村民们除了种菜、捕鱼，几乎没有其他收入，大多数年轻人选择外出谋生，整个村子逐渐沉寂。

村里有什么？

吴法林从儿子的作文《我的家乡》中，看到过这样的句子：蓝天、白云、海水交相辉映，石屋、山峦、古炮台相映成趣……

得益于持续开展的美丽乡村建设，通过“美丽庭院”、环境整治等行动，村庄变美了，偶尔也有游客过来游玩，弹着吉他搞聚会。

但是，除了观海、听涛，看错落有致的石屋，村里没有其他景点可供游玩。关键是，村里留不下游客，美景也难以“变现”。

村里到底能做什么？

吴法林再次环顾四周，在脑海中飞快地盘算起来：这海边的风景，渔民不稀罕，可城里人喜欢，文艺青年常来露营。能不能把这种“喜欢”变成赚钱的营生，让村民在家门口就有活干，有钱赚？

他先跟村里的大学生村干部徐燕商量。大学生常刷短视频，点赞过不少网红打卡点。

打开手机逐条看，采摘园、垂钓池、精品民宿、游乐场……花样很多，新意频出。

想象着游客面朝东海、吹着海风看风景的场景，吴法林“啪”地合上手掌：“对，上栈头就搞栈桥（吊桥），玻璃的！”

农民惯于模仿，喜欢“眼见为实”。在触手可及的利益面前，面对“干与不干”这道选择题，反对声渐渐弱了下去。

2018 年 2 月，上栈头村的村干部在短期内跑遍安徽、山东、河南等 7 个省，考察学习各地玻璃吊桥的样式，还预约了河南新乡的建设团队做技术指导。

正是春节期间，大伙带着喜悦，揣着一肚子想法，风尘仆仆归来。

不料刚坐下不久，大伙便被一盆盆冷水浇了个“透心凉”。

那天的村委会争论不休，会开了 3 个小时，屋子里烟雾缭绕，不时有人被呛得咳嗽连连。

一听造玻璃吊桥要投资近 700 万元，一位村干部跳了起来：“我们村集体收入一年不到 8000 块，你这不天文数字吗？痴人说梦吧！”

“听我说，我详细算过账，700 万元投资，预计 3 年能回本，回本后就都是赚的，还能吸纳 30 多人就业……”学财会的徐燕思路敏捷，拿出了市场调研得出的数据。

考察团队带回来的收益分析，还有周边村的成功案例，明晃晃的数据实在诱人。

农民惯于模仿，喜欢“眼见为实”。在触手可及的利益面前，面对“干与不干”这道选择题，反对声渐渐弱了下去。

可这毕竟只是测算，这么大一笔钱，从哪里来？

村委会副主任老陈抛出了两个方案，让村民代表们讨论：一种是引进外来投资，跟村里收益分成；另一种是村民众筹投资，村集体运营，收益全归村里。

在诱人的数据面前，村民们的意见高度一致，都选择拒绝外来投资，由村民众筹投资运营。

没过多久，上栈头村就决定由村里注册成立的浙江栈头渔村旅游开发有限公司负责开发运营玻璃吊桥项目。公司通过“村集体 51% ＋村民 49%”股权分配比例筹措资金，村民以每人每股 2500 元的标准认筹，每年度按股权分红。第一轮，上栈头村全村 1036 人，自愿入股 810 人。

当年 12 月 23 日，玻璃吊桥投入运营，吸引了温州、台州两地的不少游客，不到 4 个月，门票收入就有 400 多万元。2019 年 3 月 15 日，村里进行了第一次分红，每股分红 1000 元。

分红那天，村里的男女老少都来了，比过年赶集还热闹。高高摞起的真金白银，摆在鲜红的桌布上，村干部叫到谁的名字，谁上台来领取。

令村干部颇感意外的是，有些老人乐呵呵地接过分红，当场就问：“还能再投资不？”

令村民倍感意外的则是，村里基本没有集中宣传过玻璃吊桥，靠的仅是微信朋友圈或短视频的零散传播，没想到引来的游客这么多。

玻璃吊桥很快就“出圈”了，上栈头村成为市民争相打卡的网红村。村民脸上的笑意止不住。

老顾也像换了一个人，不再四处抱怨。他在村里景区入口附近卖风车、泡泡机等儿童玩具；老婆把在城里饭馆刷碗的工作也辞了，在村里摆摊卖小吃。

不过很快，新的问题又出现了。

仅有一个玻璃吊桥，可玩的项目太少了。有的游客来了一次就不再来，“回头客”偏少。

村民一商量，上栈头村又启动了第二轮“股份众筹”，按每人每股 3000 元众筹，建设时光隧道、摩天轮、天空之镜等项目。

这次在几乎没有动员的情况下，就有 980 名村民入股。2020 年 1 月，村里进行了第二次分红，每股分得 1100 元。

两三年时间，上栈头村陆续投入了 4000 多万元，建成了十来个项目，将自身打造成了融自然风光与游乐项目于一体的乡村版主题乐园。

看到家乡变化这么大，一些外出务工的村民也回村就业创业。“80后”小姜原先和丈夫在上海工作。如今，她在村旅游公司当一名景区售票员，每月工资3000元。她说，一家人都参股了，在家还能照顾孩子和老人。

村庄变景区，村民变股东。这座小渔村实现了一场华丽的变身，不仅成功摘帽脱贫，还晋升成为游人不断的网红村，实现了村庄美、集体强、农民富，更获评“2019中国好玩乡村”“2020全国文明村”。

在推进中国式现代化和共同富裕建设的新征程中，台州将股份合作制发扬光大，以“股份众筹”的方式集村民之资，兴办文旅项目，收益按股分红，开拓了一条村民共同富裕的新路子。

早在“生计渔业”的时代，浙江一些沿海渔业地区，有的单家单户造不起船、置不起网具，就会几家联手；大伙分头出资金，出劳力，造船置网出海捕鱼。这种合作方式在当年被称为“打硬股”。

改革开放后，地处浙东南沿海的台州，诞生了中国第一家股份合作制企业，股份合作制成为台州民营经济快速发展的重要制度推动力。

在浙江省三门县海润街道涛头村，全村共有精养塘2500亩，海外塘2500亩，浅海滩涂6000亩。最近几年，全村每年渔业产值超2亿元，年集体经济收入达1200万元，村民每人每年分红1.5万元。

1997年，涛头村遭受9711号特大台风重创，村两委主张“种改养”，发展海水养殖业。1998年3月8日，全村325户村民按上鲜红的手指印，决定流转全村土地。村民以田入股，组建的三门县涛头农业发展有限公司将现代企业管理制度引入农业生产，由公司对养殖塘进行统一规划、建设、经营和管理。浙江省第一个股田式公司和闻名一时的“涛头模式”，应运而生。在“涛头模式”的带动下，三门掀起了“种改养”的热潮，“三门青蟹”成了当地农产品“金名片”，“三门小海鲜”打出了知名度。

同时，当地深挖“畲风渔韵”，将红利再释放。改革的触角在不断延伸，涛头村乘风踏浪，再次勇立“涛头”。为深挖畲族文化和开发水产品特色资源，涛头村总投资2000余万元，集中开发“海上畲乡、万亩彩塘”两大旅游板块，打造了集生产销售、文化展示、创意体验、休闲观光、特色民宿于一身的活力渔旅产业链。

在推进中国式现代化和共同富裕建设的新征程中，台州将股份合作制发扬光大，以“股份众筹”的方式集村民之资，兴办文旅项目，收益按股分红，开拓了一条村民共同富裕的新路子。

天台县平桥镇新寺后村、新东村，利用财政扶持集体经济发展资金、扶贫专项资金，以及集体、低收入农户自筹资金，实施农民持股计划，对接浙江和盈畜牧科技有限公司，建设养殖园项目，探索“龙头企业＋集体经济联合体（村集体＋低收入农户）”抱团持股的“和盈模式”，实现了低收入农户、村集体、企业产业共富。

除了“无中生有”建设新生项目，还注重就地取材，利用村集体、村民自有特色资源，打造具有特色“乡愁乡味”的旅游项目。

村民入股机制何以适应这片土地？从浙江一些地方的实践中，可以得出一些启示。

首先，缔结利益联结机制，发挥村民参与项目建设的积极性。在推进众筹集资、发动村民参与乡村旅游项目建设的过程中，通过建立完善“共同经营、收益分红”机制，将村民利益与集资建设项目收益紧密捆绑，使村民成为“利益相关者”。将村民变为股民（股东），让村民从以往乡村旅游建设的“旁观者”变成“抱团发展者”，极大地减少了项目建设推进的阻力。同时，优化旅游环境，提升了市场口碑。

其次，构建资源变现渠道，增强乡村旅游项目的“乡愁乡味”。在乡村振兴旅游项目谋划过程中，除了“无中生有”建设新生项目，还注重就地取材，利用村集体、村民自有特色资源，打造具有特色“乡愁乡味”的旅游项目。如上栈头村在主打项目的引领下，通过村民自发捐赠、自主参与等形式，发展乡村博物馆、山里市集等文旅业态，进一步盘活村民资产。

再次，发挥红色引领作用，以党建带动项目建设。在开展众筹、发动村民融资时，考虑村民的实际承受能力，科学设定认购台阶，发挥党建带动作用，建立红色引领、结对帮扶机制，千方百计帮助困难群众入股、分红。如玉环市干江镇垟坑村将该村荷塘主题乐园项目众筹金额分为1000元、2000元、3000元三档，由党员和村干部与低收入农户结对，帮助低收入农户筹资入股。分红时优先归还党员和村干部本金，并让低收入农户享有后续红利。

转换动能

改革开放以来，浙江积极探索，大胆创新，率先推进市场化取向改革，成为发展建设最快的省份之一。

但到了21世纪初，粗放的高增长、资源的高消耗、产业的“低散乱”……各种体制性障碍、机制性梗阻，让浙江遇到了“成长的烦恼”，发展进程到达历史性关口。优化经济结构、转变增长方式，是当时的迫切任务。

2005年11月，《浙江日报》“之江新语”专栏刊登了习近平同志《转变经济增长方式的辩证法》一文。文章阐述道：“我们应有充分的思想准备，在制定有关政策、确定有关举措时把握好度，掌握好平衡点，既要防止经济出现大的波动，更要坚定不移地推进经济增长方式转变，真正在‘腾笼换鸟’中实现‘凤凰涅槃’。”

创新发展动能强劲。20年来，浙江始终坚持“创新是引领发展的第一动力”，推动从经济大省到经济强省的跨越提升。区域创新能力从全国第6位跃居第4位，十大省实验室全面布局，国家实验室实现“零的突破”并入轨运行，2个国家大科学装置落地建设；研发人员密度位居全国第3，全职在浙“两院”院士达59名，11个设区市全部进入最具人才吸引力城市百强榜。

“酱缸”“酒缸”“染缸”，对应着绍兴久负盛名的传统产业。其中“染缸”所代表的纺织业，多年来为绍兴柯桥的发展注入了巨大活力，“中国轻纺城”已成为柯桥的代名词。但随着行业规模的不断扩张，纺织业的高污染、高能耗、高排放模式，日益成为钳制行业可持续发展的“命门”。要想走得更远，必须主动求变。

为更好构建资源循环利用、能源梯级转换、产业持续发展、环境充分保护的循环经济链网，柯桥印染产业集聚区大力推进集中供水、供电、供热和污水、污泥集中处理等配套基础设施建设，并强化实施以污水集中处理、废弃物综合利用为主的一批循环化改造重点项目，推进共建共享、集成配套设施建设。

经过集聚提升，柯桥区印染企业全部落户滨海工业区，涌现了像迎丰股份、宝纺印染等一大批行业标杆企业、龙头企业，包括一批国家级高新技术企业。

浙江建设共同富裕示范区，首先要提高发展质量和效益，坚持共建共享原则，鼓励勤劳致富，为共同富裕夯实物质基础。

企业研发的服装辅料，“护航”航天员探秘太空，“登上”北京冬奥会领奖台，“走进”不少国际盛会……从家庭作坊起步，40 多年坚持做好“一粒纽扣”“一条拉链”的伟星集团，如今拥有年产纽扣 116 亿粒、拉链 8.5 亿米的精工智造能力，成长为国内服装辅料领域领跑者。

浙江吉利控股集团有限公司董事长李书福认为，在民营经济转型升级高质量发展的关键期，要继续弘扬“新时代浙商精神”，做好主业实业，聚力科技创新，驱动转型升级，全面增强企业核心竞争力。

围绕构建实现高质量发展的体制机制，浙江正打造三大科创高地、全球数字变革高地、全球先进制造业基地，探索建立具有国际竞争力的创新驱动发展体制机制；打造全球高端要素引力场、“一带一路”重要枢纽，探索构建新发展格局有效路径体制机制；激发各类市场主体活力，打造“创业、创新、创造”升级版，探索营商环境最优省和市场机制最活省的体制机制。

文明原野崛起科创高地

从十几年前的农业大县，蝶变成为浙江省创新高地，余杭一直立足于搭建科技创新的“塔尖重器”，吸引、孵化更多的重大科技型企业在这一黄金赛道上精耕细作。

“良渚”，意即美丽的水中之洲。三四月份，漫步良渚古城遗址公园，原野上绽出点点新绿，与周边成片的油菜花交相辉映。

良渚遗址是实证中华五千年文明史的圣地。约20万千克的炭化稻谷遗存，表明五千年前良渚就有发达的史前稻作农业、辉煌的人类文明，这也是良渚古城遗址于2019年成功入选世界文化遗产的重要因素。

地上土丘一片，地下气象万千。

在遗址公园的不同区域，专家选种了不同的标识植物。例如，一般台地种植狼尾草，宫殿和城墙遗址种植三叶草。而在五千年前，映入先民眼帘的，同样有这两种小草。

良渚所在的杭州市余杭区位于杭嘉湖平原南端，西依天目山，南濒钱塘江，是长江三角洲的圆心地。历史上的余杭，是著名的鱼米之乡、丝绸之府，也是中华文明圣地，有五千年良渚文化、两千年运河文化、一千年径山禅茶文化。而今，这里稻花香气依旧弥漫。

梁仁明是种粮大户，他家在余杭区瓶窑镇长命村，离良渚古城遗址不远。2015年起，他承包了良渚古城遗址公园的800多亩农田，种植水稻、油菜。

农田簇拥之中，一片现代产业拔地而起，在浙江乃至全国具有重要影响力。

改革开放以来，工业逐渐成为余杭的经济主体。近些年，依托杭州未来科技城、余杭经济技术开发区、良渚新城等平台，余杭梦想小镇、人工智能小镇等产业园区充满创业创新活力，引领高质量发展。

2020年、2021年，余杭连续两年获浙江省“科技创新鼎”，并两度实现自然科学奖、技术发明奖、科学技术进步奖三大奖项“大满贯”。

从十几年前的农业大县，蝶变成为浙江省创新高地，余杭一直立足于搭建科技创新的“塔尖重器”，吸引、孵化更多的重大科技型企业在这一黄金赛道上精耕细作。

浙江的“中关村”“张江”在哪里？答案是杭州城西科创大走廊，其主体位于余杭：东起浙江大学玉泉校区，西至浙江农林大学，全长39千米、面积约416平方千米。

继之江实验室成功纳入国家实验室体系后，天目山实验室挂牌成为余杭第四家浙江省实验室，与良渚实验室、湖畔实验室、超重力大科学装置等形成科研重器集群发展之势，创新能级和密度日益提升。

截至2022年底，这里集聚了4个浙江省实验室，汇聚了2597家国家级高新技术企业、80个国家级科创平台、52万名专业技术人才。

每个工作日，杭州城西科创大走廊平均新增80家科创主体，为经济高质量发展提供了源源不断的动力。

成立7年来，大走廊产业增加值从1063.3亿元增长到3119.8亿元，年均增长20.5%。其中，高新技术产业增加值贡献率占比超过75%。

余杭成为杭州创新发展的高地。

生物医药、新材料、高端装备制造、新能源和智能物联网，是余杭五大核心产业。

站在奥克斯中心的顶楼，透过玻璃环廊极目远眺，西侧是中国（杭州）人工智能小镇和菜鸟网络总部，北侧有杭州西站和浙大总部经济园，东侧集聚着梦想小镇、海创园、阿里巴巴西溪园区等产业园区。

随着阿里巴巴、菜鸟网络、中电海康、VIVO、OPPO等一批世界500强和全球数字经济百强企业、全国数字经济龙头总部项目的落成，一个以总部企业为核心的产业生态体系，在余杭逐步建立。

在余杭，高质量发展让共同富裕建设站在更高的起点，拓展更开阔的路径。

依托“飞地”园区——杭州丽水数字大厦，余杭启动了“双向双创”新模式——“飞地科创 π 计划”。所谓“双向”，链接的就是余杭、丽水两地。该计划将通过搭建各类活动平台，双向链接要素资源，从资本、人才、技术、市场等多维度赋能培养企业，进一步激活杭州、丽水两地企业的融合发展。

为了利好更多创业企业，该计划聚合了余杭区科创园区协会、余杭区高企协会、未来科技城知识产权服务业联盟等多元化的服务要素。

民呼我为

民生工作离老百姓最近，同老百姓日常生活最密切。20年间，着眼“为了让人民群众过上更好的生活”，浙江对改善和发展民生作出了一系列战略性的整体部署，开展了一系列前瞻性的实践探索。

“要时刻把人民群众安危冷暖放在心上，多为群众办实事、办好事。民有所呼，我有所应。”多年来，浙江始终坚持把改善民生与促进经济增长置于同等重要的位置，努力构建民生建设与经济发展良性互动、良性循环的机制。

2004年，浙江率先建立了为民办实事长效机制，确定了就业再就业、社会保障、医疗卫生、基础设施、城乡住房、生态环境、扶贫开发、科教文化、权益保障、社会稳定等为民办实事十大重点工作领域，明确加快建立健全民情反映、民主决策、责任落实、投入保障和督查考评五大工作机制，找准了为民办实事长效机制建设的切入口。

“最实在的事就是要着力解决民生问题，特别是关心困难群体，多做、大做‘雪中送炭’的事，多搞一些直接造福于民的‘满意工程’‘民心工程’，切实把老百姓家门口的事情办好。”2005年以来，浙江坚持每年办好十件实事，并在每年省人民代表大会上作出承诺，重点解决与群众生产、生活密切相关的民生问题。同时，建立民生实事督查考评机制，次年向省人民代表大会汇报完成情况，并作为对各级领导干部政绩考核、人大对政府部门工作评议的重要内容，确保十件实事的承诺兑现。

20年来，浙江经济建设的硕果，也显现在群众生活的点滴之间。浙江始终牢记“办实每件事、赢得万人心”，推动群众获得感、幸福感、安全感从“满足基本”向“美好生活向往”提档升级。

20年来，浙江持续推进幼有善育、学有优教、劳有所得、病有良医、老有康养、住有宜居、弱有众扶，让发展的成果惠及更多群众。在浙江的持续推动下，全省5岁以下儿童死亡率、孕产妇死亡率、婴儿死亡率均处于全国最低水平；城镇调查失业率长期稳定在低位，在浙省外劳动力2200万人左右，浙江是全国第二大劳动力流入地；国民体质合格率保持在94.2%以上，居全国各省（区）第一；人均预期寿命提高至82.3岁，相当于中高收入国家水平。

“银龄关爱”“抚幼育苗”“弱有众扶”“低碳畅行”“稳岗乐业”……2023年2月23日，杭州市政府2023年度十件民生实事项目出炉。这十件实事，都是经过认真梳理、深入研究和多轮筛选，最终由市人大代表“13选10”票决而定的。

为了增强公共服务的普惠性，浙江持续增加在公共服务方面的投入。“浙江外卖在线”数字化平台上线后，通过“明厨亮灶”直播功能，消费者可以观看商家后厨的食品清洗、加工、制作等过程实景，“吃得更安心”；部分县与供销社联合推广“流动供富大篷车”服务，送日用品下乡，送农产品进城，送农资农技进村，通过“下乡”“进城”的双向服务，带动农民生产增收。

“小橘灯”照亮“共富路”

在遵循市场规律的前提下，通过机器下乡、设备进村、文旅融合、加工入户等形式，创办车间式、田园式、电商式、文旅式、居家式工坊。

山岭一重隔着一重，数不清多少道弯后，汽车驶进一个小村落。

一场雨后，云雾缭绕，鸡犬相闻，却也恬静。

“来啦来啦，挺快的嘛！”村书记是位四十来岁的汉子，清瘦高挑，引着我们到村里。

还未落座，我们便被一旁的景象所吸引：

一双双长满老茧的粗手，上下翻飞。

一件件精美的圣诞节用品，整齐码放……

40 多位头发花白的老人，除了偶尔谈笑、喝水，手里的活不曾停歇。

在中国传统农村，六十岁以上的老年人，即便能走出家门，也很少有稳定的工作机会，去工地打工也会被拒绝。除了种种地、带带孙辈，几乎不会有别的工作选择。

因此，当这一幕热闹的组织化生产场景，出现在浙东南台州市黄岩区辖内的一个偏远乡村，多少有些令人惊讶。

因为有种植橘子的历史，黄岩号称“橘乡”；这样的作业场景，也被诗意地称为“小橘灯”工坊。

成品以日计，工资论月结。这家工坊吸纳了 40 多名村民就业，老人月收入能有三五千元。这笔收入对这些几乎零技能、被市场筛掉的人群而言，相当具有诱惑力。

据有关部门介绍，黄岩在浙江率先探索出“共富工坊”的路径：把项目送到村、把岗位送到户、把技能送到人，推动农村产业提升、农民增收提速和农村生活提质。

坐下来深聊，颇有一番感悟。

一边是农村低收入群体缺工作，一边是部分制造业企业缺工人。如何串联多方资源，既推动村民在家门口致富，又帮企业解决用工难题？

台州是我国民营经济重要发祥地、股份合作制经济诞生地，源于基层的改革探索从未停歇。党建引领“共富工坊”这一新路径，有其自发的民本土壤。

与改革开放一个时期内的全民创业热潮不同，“共富工坊”由党组织组织实施，侧重为低收入等群体提供就业岗位，解决他们的增收问题。

各级党组织在遵循市场规律前提下，通过机器下乡、设备进村、文旅融合、加工入户等形式，引导企业把产业链中生产加工等环节布局到农村，利用农村党群服务阵地、闲置房屋土地等既有资源，为着力实现“人人有事做，家家有收入”而创办的车间式、田园式、电商式、文旅式、居家式工坊。

运行半年多时，这一路径已吸纳农村残障人士、低收入群体、富余劳动力超过3.2万人就业，累计发放报酬超过2.4亿元。

探索利益共同体，“共富工坊”也为企业成本巧做“减法”。休闲用品行业淡旺季差异明显，用工需求相差近3000人，“共富工坊”帮助企业降低了用人和场地成本。

路桥区金清镇是“中国编织凉席之都”，纸编凉席在全国市场占有率约90%，年产值超34亿元。当地党委、政府以“纸编凉席”产业链党建联建与“锦绣富民”党建联建结对共建为依托，已建成多家来料加工式“共富工坊”。

2022年，金清镇还以党建联建机制带动200多家企业和个体户“链”在一起，22个村社党群服务中心挂上了“共富中转站”牌子：党建联建机制对接需求、招引员工、统筹调配，组建共富车队。企业将货料交给共富车队对应片区负责人，由其运输至“共富中转站”；“共富中转站”的党员志愿者们再将货料分送至各家各户，农户们则进行打单丝、打包芯线、编织半成品、加工吊牌等特定环节的生产工作，订单完成后由企业查验回收。

截至2022年底，路桥已建成64家“共富工坊”，吸纳灵活就业人员2300余人次，2022年累计发放工资超1700万元。下好共同富裕这盘棋，富裕是前提，共同才是关键。如何确保共富路上“一个都不掉队”，需要大力为那些低收入群体“赋能”，帮助他们提高技能、实现就业、追逐梦想。

路桥区蓬街镇小伍份村有个闲置的红旗粮仓，当地以“非遗＋文创”为切入点，在红旗粮仓建立“共富工坊”。眼下，该“共富工坊”已入驻贴画、印染、草编等6个非遗工作室。“从选材、编织步骤到编织技巧，老师讲得很细很全，能听懂，也有用。”小伍份村村民陆翠英说。草编按件计酬，最简单的每件10元，“能照顾家里，又能赚点零用钱，大家积极性都很高”。

临海市专门成立企业联盟，首批入驻35家龙头企业，根据订单需求与镇、村“共富工坊”进行签约合作。“上市公司的订单直接派送到村里，我们不再从中介商贩处接活，收入提高了40%。”在临海市殿前村“共富工坊”，村民朱春凤这样说。

“共富工坊”也为企业成本巧做“减法”。永强集团研发部经理王茂敏算了一笔账，休闲用品行业淡旺季差异明显，用工需求相差近3000人，“共富工坊”帮助企业降低了用人和场地成本。

台州多个县（市、区）正探索如何在人力、政策、资金、资源等方面完善保障措施，出台专项扶持政策。一些地方对工坊建设、场地租赁、设备购置、人员补贴和带动低收入农户就业等事项设置了专项资金奖补。

哪些企业有富余订单需求，哪些村居有剩余劳动力，哪些村居能开设临时厂房……三门县浦坝港镇“共富工坊”服务中心建立全镇闲散劳动力信息库，组建党员招工队。在农闲期，发动村民参加服装加工、汽车配件制造等来料加工式工坊生产；在柑橘收获、开渔等农忙期，则调配就业“空窗期”村民，参与作物采收、渔获加工等共享农场式工坊工作。提高季节性招工效率，降低用工成本，让村民一年四季都有钱挣。

与过去分散的来料加工自主经营不同，“共富工坊”注重党建引领、市场主导、资源整合，本质是一种组织化创新。

“实现共同富裕关键在‘提低’，一个重要方面就是为低收入群体提供更好的就业机会和条件，增强收入能力。”不少业内人士认为，要通过坚持充分就业、建立劳动力的终身学习培训制度等方式，解决其缺乏机会和发展条件的问题。

在仙居县白塔镇东横街村“非遗共富工坊”，通过简化国家级非遗项目——针刺无骨花灯制作工艺，60多位无骨花灯从业人员每年增收6万余元，每年接待研学者逾20万人次。

在实际运行中，台州引导企业因地制宜，将一些劳动密集型生产加工环节布局到农村，积极同低收入农户集中、村集体经济相对薄弱的村开展“村企结对”。同时，注重盘活农村集体闲置和低效的房屋、土地、山林、人力等各类资产资源，在农旅融合、土地流转、劳动力转移等方面开展合作，促进农民就近就地灵活稳定就业。

浙江已出台“共富工坊”建设方案，这就意味着，将有大批乡村、企业、劳动者参与其中，形成一张庞大的信息网、无数条绵长的产业链。如果靠传统信息处理模式，容易陷入尾大不掉的境地，因为信息不对称会产生各种问题。

为科学化管理“共富工坊”，台州依托“浙里红色根脉强基系统”，探索开发党建引领“共富工坊”数字平台，运用“一屏掌控”，架起政府、市场、企业、工坊、百姓之间的数字化管理平台，着力破解资源入库、需求对接、人员管理、品控把关、信息共享等难题。

从运行的初步成效看，低收入群体、相关企业、基层党组织在这个模式中都找到了合适的位置，各得其所。对低收入农户来说，“不用打卡、不离家乡、不需高技能”的低门槛恰能满足其需求；对不少企业来说，“投入不增、产能提升”也能让其尝到甜头；对基层党组织来说，“共富工坊”盘活了农村沉睡资源，提升了党组织向心力，提高了村集体的经济收入。

协调发展

2022 年 10 月，永嘉—瓯海山海书屋在永嘉县沙头中学正式揭牌开馆，两地携手，共同开展教育合作。

有人或许会提出疑问：瓯海的政府部门，为什么会跨区域在永嘉建一个书屋？

其中缘由，在于“山海协作”机制。

浙江“七山一水二分田”的省情特征，决定了各区域多样化的发展条件，也造成了浙江区域之间发展的不平衡。“八八战略”强调，“进一步发挥浙江的城乡协调发展优势，统筹城乡经济社会发展，加快推进城乡一体化”“进一步发挥浙江的山海资源优势，大力发展海洋经济，推动欠发达地区跨越式发展，努力使海洋经济和欠发达地区的发展成为我省经济新的增长点”。

山海协作，就是结对支援，同时在一定程度上资源要素互补、发展互惠。

这座山海书屋，是两地山海协作慈善助学的一个品牌。环看书屋四周，缕缕书香扑面而来。一排排书架整齐划一，一册册图书陈列有序，屋内桌椅整洁，硬件设施配备齐全，阅读区、共享阅览区、沙龙区等区域错落有致。

这座书屋为沙头中学的学生提供了宽敞、适宜的读书空间与学习环境。两地携手合作，共同建设山海书屋，让书屋真正成为学生的“文化粮仓”，让小平台发挥大能量。

2018 年以来，瓯海政府、相关部门和企业通过瓯海区慈善总会资助永嘉县 1379.8 万元，建立了长期稳定的协作关系，形成多方位合作格局。

山海协作，是推进浙江区域协调发展的重大战略举措。

20 年来，浙江始终坚持统筹城乡发展基本方略，推动省域发展从总体协调向高水平均衡加速迈进。

20 年来，浙江城镇居民人均可支配收入从 1.17 万元提高至 7.13 万元，连续 22 年居全国各省（区）第 1 位，农村居民人均可支配收入从 4940 元提高至 3.76 万元，连续 38 年居全国各省（区）第 1 位。城乡融合发展水平持续提高，城市化率从 47.5% 提高至 73.4%，城乡居民收入比从 2.37：1 缩小到 1.90：1，是全国收入比最小的省（区）。在发展的进程中，山区 26 县迈向高质量发展新阶段，山区 26 县经济总量从 850 亿元提高至 7404 亿元。

对内来看，浙江省域空间布局全面优化，建成 3 个“1 小时交通圈”；对外来看，浙江始终坚持“跳出浙江发展浙江”，从对内对外开放向深度融入全球阔步发展。其中开放经济省域贡献度全国领先，进出口总额占全国比重从 6.8% 提高至 11.1%，居全国第 3；长三角一体化取得积极成效，一体化示范区建设已形成 112 项制度创新成果。

曾经，“山”和“海”之间，横亘着一条区域间发展不平衡的沟壑。2002 年起，浙江开始实施山海协作工程，自此开启山呼海应、携手共赢的全新探索。山海并利，山海共赢，山海协作工程成就斐然。

山海协作，需要各方联动。浙江国资国企积极探索，一方面通过深化改革，激发企业发展新动能，夯实共同富裕“底盘”；另一方面实行“一企一策”，各省属企业发挥自身优势，从企地战略合作、产业强县、金融赋能等场景，助力山区 26 县高质量发展。

比如，浙江省国贸集团创新实施“整乡帮扶”模式，帮扶江山市 1 个乡 11 个村，深入推进产业投资，促进乡村旅游、民宿农家乐、农业规模种植等产业发展，加快乡村道路建设等，同时还与江山市共同设立 1 亿元的“乡村振兴产业基金”，探索打造了“共富合伙人”品牌。

有专家认为，在高质量发展中推进共同富裕，不仅需要坚持创新、协调、绿色、开放、共享的新发展理念，大力提升自主创新能力，塑造产业竞争新优势，提升经济循环效率，激发各类市场主体活力。更要让发展成果最大限度地惠及社会弱势群体，提高低收入群体增收能力和收入水平，实现区域、城乡、群体之间差异的缩小。

“中央相关文件明确，要更加注重向农村、基层、相对欠发达地区倾斜，向困难群众倾斜，率先突破发展不平衡、不充分问题。对于浙江而言，共同富裕示范区建设的重中之重是山区县。”浙江省发展和改革委员会负责人说。

近年来，山区 26 县坚决守住生态这一最大优势，着力推进绿色发展、生态富民，促进群众增收致富。“十三五”期间，山区 26 县城镇、农村居民收入增速分别高于全省 0.7、0.6 个百分点，农村居民人均可支配收入全部高于全国平均水平，但仍有文成、磐安、庆元等 9 个县的城镇居民人均可支配收入低于全国平均水平。

可以说，山区 26 县是浙江高质量发展建设共同富裕示范区的亟须补强之处，更是巨大潜力之所在。

浙江省组建了山区 26 县跨越式高质量发展工作专班，通过整体谋划、系统推进、形成合力，统筹资源加大“输血”力度，推动山区 26 县加快形成自我“造血”机制、提升内生发展动力，努力把山海协作工程、推进山区 26 县跨越式高质量发展，打造成为建设共同富裕示范区的标志性工程。

从物质富裕到保障富足、精神富有，浙江正瞄准各层次需求同步发力，蹄疾步稳向共同富裕美好社会目标迈进。

惠风和畅古兰亭

2022 年度，柯桥区全体居民人均可支配收入 74770 元，位居绍兴全市第一。其中，柯桥农村居民人均可支配收入51605元，绝对值居浙江全省第一。

东晋永和九年（353）阴历三月，一场群贤毕至、少长咸集的禊礼盛会在会稽山阴之兰亭举行，众人饮酒赋诗，痛快非常。

饮至酣时，王羲之写下被后世书家尊为“天下第一行书”的《兰亭集序》，也让兰亭这个小集镇成为闻名千年的书法圣地。

今天的兰亭所在地，是浙江省绍兴市柯桥区下辖的一个街道。会稽山下，依旧书会如常，惠风和畅。

作为老绍兴县城，柯桥历史文化底蕴深厚。比如，夏履镇因“大禹治水”传说中的“履遗不蹑”而得名，安昌街道西扆村则有“禹以山为扆，朝见万国诸侯”的传说。

始建于春秋战国时期、连接“丝绸之路”的古纤道，自东而西穿越绍兴全境。

鲁迅笔下的《社戏》中，有顽童穿梭于观众中的热闹场面，船夫坐在船头观看社戏的情景，水乡风情摇曳在古纤道沿岸。在柯桥，一些地方依旧保有看社戏、摇乌篷船的江南水乡场景。

沿着水路通达四方的商品贸易繁华千年，在当代达到繁盛的新高度，柯桥可以说是其中的一颗明珠。

湖州的织造，嘉兴的经编、化纤、毛衫，杭州的丝绸、化纤，绍兴的印染、市场、染化料，宁波的服装，台州的产业用布，金华的无缝针织、牛仔裤、针纺……摊开浙江省地图，以块状经济为特色的大纺织产业链的分工与协作，脉络极其清晰。

在产业链中占重要位置的柯桥，在改革开放的浪潮中，崛起为一座“国际纺都”：亚洲最大的布匹专业市场所在地、世界最大的纺织贸易集聚地。全球近四分之一的纺织产品在此交易，产品远销190多个国家和地区。

1992年,“绍兴轻纺市场”更名为“中国轻纺城”,成为全国首个以“中国”冠名的轻纺专业市场。30多年来，从摇着船橹的“水上布市”，到大胆开辟“马路市场”，再到建设“国际纺都”，柯桥的“一块布”闯出了全球影响力。

数以万计的“蚂蚁雄兵”从事绣花、烫金、压皱、贸易等环节的工作，既竞争又协作,伴随市场荣枯相应起伏,但总能在低潮过后“春风吹又生”。

浙江是民营经济的“大本营”,浙商是目前中国最活跃的商人群体之一。截至2022年底，浙江市场主体超过940万户，即平均每7个浙江人中就有1个“老板”。此外，还有600多万名浙商深耕国内市场，200多万名浙商遍布全球各个角落。

柯桥是浙江民营经济的一块高地，城乡居民收入水平都位居前列。

2022年度，柯桥区全体居民人均可支配收入74770元，位居绍兴全市第一。其中，柯桥农村居民人均可支配收入51605元，绝对值居浙江全省第一。

从城乡居民收入比值看，2022年柯桥城乡居民收入比为1.60∶1，比上年缩小，城乡差距实现连续18年缩小。

深厚的文化底蕴，叠加扎实的产业基础，柯桥展开了推进中国式现代化、建设共同富裕的丰富实践。

2022年,浙江省第十七届运动会中,柯桥运动员在射击、羽毛球、足球、攀岩等多个项目中取得较好成绩，当地体教融合改革试点展现成效。

一块体育高地背后，往往有一座视野开阔、发展全面、充满活力的现代都市。第七次全国人口普查数据显示，2020年柯桥区全区常住人口为1098859人,十年间增加138108人,增长14.38%,增速位居绍兴全市第一。

目前，柯桥建成区面积达到80平方千米，有430多幢18层以上的高楼。近年累计引育浙江省级以上高层次人才近300名、外籍院士近20名，并引进浙江工业大学之江学院、浙江树人学院等学校。

柯桥还是全国义务教育优质均衡先行创建区。学前教育普及普惠示范区省级评估第一，慈善发展指数列浙江全省各县（市、区）第三，健康浙江考核连续三年优秀，连续17年成功创建浙江省级平安区。

2020年2月，正是新冠疫情肆虐之时。这天，位于柯桥的绍兴市中心医院护士长曹玲玲送病愈患者出门，刚打算挥手告别，2岁的小男孩突然鞠了一躬，她立马鞠躬还礼。这温暖的一幕，凑巧被一旁的医护人员拍了下来。

这张定格了柯桥人文明新风的“最萌鞠躬照”，在微信朋友圈迅速传播，感动了无数人。

2022年10月，农业农村部、国家乡村振兴局公布了入选2022年国家乡村振兴示范县创建单位的100个单位，柯桥区位列其中。

柯桥大渡社区由5个居民小区组成，住户6300余户，居民超过2.5万人，其中60%以上是来自五湖四海的“新柯桥人”，还有500多名外籍居民。

为了让居民更加和睦，大渡社区推广“大渡社区文化”数字化应用，打造“家头条”“邻里帮”“文E家”三大文化应用场景。

作为浙江省首批未来社区之一，这里既有数字化应用场景，也保留了一些传统生活方式：社区会定期开展“邻里糕”制作活动，大家一起做糕点，相互分享；针对居民修鞋、配钥匙等缝缝补补的需求，不少老年居民有这方面的技能，于是成立了达人工作室发挥余热。

走在推进共同富裕的康庄大道上，柯桥的古与今相辅相成，实现古韵今辉的良性循环。

美好家园

绿色家园，诗意栖居。

安吉天荒坪，曾经是一座人迹罕至的荒山；而现在，它是国家AAAA级景区江南天池的所在地。坐落于此的天荒坪抽水蓄能电站，建成时是亚洲第一的抽水蓄能电站。

这些年，安吉县深入践行“绿水青山就是金山银山”理念，在天荒坪大力发展工业旅游、乡村旅游，把旧房变民宿，让电站成景区，旅客来这里“夏天能避暑、冬天能滑雪”。这片曾经的荒山，现在每年能创造20多亿元的旅游收入，还带动周边400多家农家乐、民宿发展，成了当地农民增收致富的“钱袋子”。

翻开浙江经济建设的画卷，一抹“生态绿”映入眼帘。20年来，浙江始终坚持“绿水青山就是金山银山”理念，生态环境质量持续高位改善，森林覆盖率从59.4%提高至61.24%，位居全国前列；绿色低碳循环发展走在全国前列，浙江以占全国1%的土地、4.7%的人口，创造了全国6.4%的GDP，绿色发展综合得分居全国各省（区）前列。

开展生态省建设以来，浙江在“绿水青山就是金山银山”理念的引领下，将生态文明建设融入经济社会发展的方方面面，全省经济发展与生态质量良性互动，绿色发展理念深入人心。浙江人民在生态环境保护中获得了绿色福利，从生态经济发展中赢得了绿色效益，从生态文化繁荣中提升了绿色品质。

最是文化能致远。

浙江在没有特殊政策、没有特殊资源的情况下，能取得今天这样的成就，一个很重要的原因，就在于浙江有深厚的文化底蕴，以及“浙江精神”的激励。

当前，随着经济社会发展和人民生活水平提高，人民群众对精神文化生活的期待也水涨船高。浙江从加快文化大省建设，到建设文化强省、文化浙江，通过多年的持续努力，全省已建成农村文化礼堂2万多家，500人以上建制村覆盖率达到100%。

在实践中，浙江一方面提升文明素养、弘扬时代新风、陶冶道德情操、培育心灵家园、丰富精神生活，以正确理想信念、价值理念、道德观念自觉抵御精神贫困和心灵空虚，遏制拜金主义、低俗媚俗等不良风气；另一方面，着力加大服务供给、优化资源配置，推进城乡公共文化服务体系一体建设，主动解决地区差距、城乡差距、收入差距等问题，促进基本公共文化服务均等化，使全体人民共享改革发展成果和幸福美好生活。

目前，浙江正推进公共文化数字化应用转型，加大“城市书房”建设力度，让文化阵地有机融入城乡的每个角落。探索推行“浙江文化保障卡”制度，打造“15分钟品质文化生活圈”“15分钟文明实践服务圈”，推进高水平城乡一体化，建设美好文化生活家园。

在湖州看见美丽中国

湖州堪称涵育生态文明的典范，“在湖州看见美丽中国”已成为颇具辨识度与传播力的区域品牌。

春分时节，万物生长，江南的采茶季又到了。

2023年3月21日，安吉白茶正式开采。据估算，2023年安吉全县白茶产量将达到2300吨。

安吉县农业农村局测算，2023年首批安吉白茶的价格在每斤3000元到 5000 元不等，比往年略高。

“安吉白茶”是产于浙江安吉的一种名茶，品种属于“白叶 1 号”，与中国六大茶类中的“白茶”是两个不同的概念。

一片叶子富了一方百姓。

在浙江，这样的故事俯拾皆是。浙江的 90 个县（市、区）中，有 70 多个产茶地。

以绿茶为主，浙江茶叶能做出大市场，一项根本的前提条件是生态——绿水青山产好茶。

浙江探路共同富裕，良好生态是重要基础。

中国式现代化是人与自然和谐共生的现代化。在推进共同富裕的征程中，需要充分认识到“生态是我们宝贵的资源和财富”，厚植共同富裕的生态底色。

进一步发挥浙江的生态优势，创建生态省，打造“绿色浙江”——“八八战略”指出，生态作为一项优势，成为支撑浙江发展的重要资源。

20 年来，生态环境改善带来的全面溢出效应，充分体现在浙江经济、社会、文化等各个方面，“绿水青山就是金山银山”理念在实践中深入人心。

其中，湖州堪称涵育生态文明的典范，“在湖州看见美丽中国”已成为颇具辨识度与传播力的区域品牌。

论经济总量，湖州并不突出。但湖州人骄傲地说，湖州不大不小，幸福正好。作为“绿水青山就是金山银山”理念诞生地，湖州在探路共富先行上，始终将护好一方山水作为立市之本。

2018 年至 2022 年，湖州市 GDP 年均增长 6.5% 左右，财政总收入和一般公共预算收入年均分别增长 10.5% 和 10.3%。

产业生态化和生态产业化，尤其是以创新驱动引领生态产品价值高效转化，成为湖州高质量发展的“秘诀”之一。

顾渚村位于湖州市长兴县水口乡，地处苏、浙、皖三省交界处。多年来，这个浙北山村始终坚持举生态旗、打生态牌、走生态路。

21世纪以来，靠卖茶叶、毛竹和竹笋勉强度日的顾渚村人，打开家门迎接客人，农家乐逐渐多了起来。经过20多年的发展，顾渚村经历了农家乐、客栈、高端民宿的迭代共生过程。

目前，顾渚村共有各类客栈、民宿将近500家，其中浙江省三星级40家、四星级5家、五星级5家。

数据显示，顾渚村每年接待游客超过400万人次，其中上海游客比例占到65%左右。由此，这个不大的山村得到了一个不小的名头——“小上海”。

乡村旅游的确让老百姓富了，也倒逼着群众转变观念，从原来“向山向水要资源”，变为主动“爱山护水保环境”，从被动参与到自觉维护。

顾渚村党总支书记张明祥说，村里一个农家乐一年能挣30万元，较好的民宿一年能挣到100多万元。

从“卖石头”到“卖风景”，再到“山上一张床”赛过“山下一套房”；从“西塞山前白鹭飞”到“西塞山前博士飞”，再到“数字游民公社”蓬勃兴起……在生态文明体制机制创新路上，湖州进行了一系列原创性探索。

2022年，湖州又取得了一系列新突破：国内首个联合国秘书处直属机构——联合国全球地理信息知识与创新中心正式落户湖州德清，成功承办首届中国绿色低碳创新大会，国务院批复同意湖州建设国家可持续发展议程创新示范区。

仲夏时节，洛舍漾畔，碧水荡漾，清澈透亮。

以往的烂滩地，如今变成了公园——洛舍漾的蜕变，是德清治水成果的缩影。

2022年7月，浙江省建设新时代美丽浙江推进大会暨生物多样性保护大会上，德清县获浙江省水环境治理最高奖、“五水共治”工作最高奖——“大禹鼎”金鼎。

站在乾元镇幸福村渔大港边，可见溪水见底，鱼儿畅游，白鹭翩跹。

“水质好，归功于水底浓密茂盛、四季常绿的‘水下森林’。”幸福村党总支支部委员蔡秋辉笑着说。河道就像安装了一台大功率的“净水器”，具备自净与修复能力，水质常年保持在Ⅳ类水平。

像这样的“水下森林”，在德清有39处，总面积20余万平方米。

通过卫星遥感、智能视频监控、无人机巡查、无人船巡查等智能感知手段，德清“5G智能河长”对全县1211条河道进行“实时巡查”，设立水下探头462个，在“指尖上”打造河湖管理的“最强大脑”。

平安是福

21世纪，浙江进入了全面建设小康社会的攻坚阶段。这一时期既是发展的战略机遇期，又是社会矛盾的凸显期，城乡发展不协调、区域发展不平衡、收入差距扩大，以及利益关系调整等引发的基层矛盾，迫切需要在社会主义法治框架下予以解决。为此，浙江省委提出了建设“平安浙江”“法治浙江”等重大部署。

从那时起，全省各级领导干部一手抓“经济报表”，一手抓“平安报表”，像分析经济形势一样，定期分析社会稳定状况，及时研究解决重大问题。系统治理、依法治理、源头治理、综合施策的理念，不断在实践和探索中萌芽、成型。“依靠群众、就地化解矛盾”的“枫桥经验”不断深化推广，领导干部“下访接访”形成的“浦江经验”得到坚持和完善，“依法治理、源头化解”的理念日益深入人心。

20年来，平安浙江、法治浙江建设不断深化，浙江社会始终保持和谐稳定，为“两大奇迹”贡献了浙江力量。

平安浙江、法治浙江建设走出了两条漂亮的曲线：一条是“上行线”，浙江人民群众安全感满意率、法治浙江建设群众满意度逐年提升，走在前列。2022年，浙江群众安全感为99.28%，相比2003年提升8.48%，高出全国平均值1.13个百分点，连续多年居全国前列。浙江被公认为最具安全感、司法文明指数最高的省份之一。

一条是“下行线”，各类案事件发生率持续下降，刑事案件总量从50.9万余起下降到23.6万余起，浙江是命案发案率最低的省份之一。安全生产事故、道路交通事故、火灾等各项事故指标均大幅度下降。

2022 年 7 月的杭州，40 摄氏度以上的高温天气持续，树叶在炙烤下打蔫。这个夏季燥热难耐。

这几年，杭州大力推进亚运会场馆等重大基础设施建设。处于大开发、大建设阶段的上城区彭埠街道，辖区 14.76 平方千米内一度有在建工地 99 个，成为杭州市主城区施工密度最高的区域之一。

在某住宅工地，彭埠街道综合执法中队现场查处 2 项问题，包括 1 项用电标识不明确，1 项未按规定实行垃圾分类，当场开具整改通知单，要求工地进行整改。

“彭埠的工地不仅多，而且不具备合围条件，主要沿着钱塘江呈线性分布。如果管理不善，随时可能有违法设立的工程车进出口接驳到市政道路上，存在交通安全隐患，也产生道路扬尘、道路坑洼、管道破损等诸多环境治理问题。”相关负责人说。

难管也要管。工地是个非常综合的“小社会”，以前是城管、质安监、公安、交警、市场监管、人力社保等多条线各自“单线作战”，一个工地一个月会迎来好几批检查，而且每个条线覆盖一次检查又量大面广，费时又费力。

基层一线是发展热土，也是治理痛点。为深化“大综合一体化”行政执法改革，彭埠破立并举，新推出了“工地监管一件事”个性化执法场景，汇集多方力量对建筑工地进行“会诊把脉”，要求建设主体和施工单位及时整改，监管效果进一步凸显。

改革后，情况迅速改观。一支队伍管执法，打破了部门条线间的壁垒，通过集成式执法，综合查一次，不仅解放了基层执法人力，还避免了重复执法、交叉执法等问题，提高了执法效能。同时，被检查单位的问题接收、处置及整改成效标准也趋于统一，在街道区域内形成良性的治理态势。

春雨初歇，阳光普照。湖州市安吉县灵芝西路一座二层建筑，“安吉县社会矛盾纠纷调处化解中心”（以下简称“矛调中心”）牌子十分醒目。

矛调中心原是县信访局办公楼，2019年4月启动改建后，公、检、法、司、纪委、信访等多部门联合入驻，成为接待信访、化解矛盾的一站式受理中心。

为什么要设立矛调中心？过去，群众遇上矛盾纠纷烦心事，往往要跑好几个部门，甚至“摸不着门”。安吉探索了信访“一站式管理、一条龙处理”，如今群众只需要到矛调中心“挂号”，各窗口既分工又协作，基本可实现矛盾纠纷“一站式解决”。

除调解员外，矛调中心还邀请“两代表一委员”、农村老党员、老干部、企业家等群众信任度较高的乡贤，参与群众矛盾纠纷化解。

走进“正平工作室”，迎面而来的是笑脸和热茶。“对老百姓要用心用情，调解矛盾贵在公平公正。”30多年坚守人民调解事业的王正平，退休后仍在发挥余热。

类似于“专家坐诊”，王正平要调解的大多是相对复杂的矛盾。他说，以前每年调解200多起，矛调中心成立后，他经手的调解量下降不少，百姓重复跑腿的现象也大大减少。

作为“枫桥经验”发源地，浙江坚持“小事不出村、大事不出镇、矛盾不上交”，从源头上化解矛盾。20年来，浙江各级领导干部传承弘扬“浦江经验”，真下真访民情、实心实意办事，持续改善干群关系，坚持办好信访这个“送上门来的群众工作”。

在基层实践中，浙江要求抓好“一扇门进出，事情全办清”“一揽子调处，全链条解决”“一体化联动，全方位延伸”“一把手主抓，全要素保障”等“四个一”矛调处理方法。

近年来，浙江全面启动数字化改革，跨层级、跨地域、跨系统、跨部门、跨业务高效协同突破，聚焦20项牵一发而动全身的重大改革，提出支撑重大改革的27个重大应用，全面深化改革向纵深推进，让“数字浙江”

建设迈上新台阶。如今的浙江，党建统领整体智治、数字政府、数字经济、数字社会等“6 + 1”系统不断细化优化。

“枫桥经验”历久弥新

有了关爱基金后，村委每年投入 10 万元左右组织开展村民喜闻乐见的集体活动。打场篮球赛、跳个舞，一些小矛盾在不知不觉中就化解了。

2022 年 6 月 24 日，诸暨市暨南街道新南村的爱心食堂正式营业。进入就餐区，最醒目的是墙上张贴的捐款捐物清单，整整 6 张 A4 纸列明 200 多项捐赠细目。

开业当天，街道新成立的 5 支志愿服务队为老人组织理发、健康检查、反诈宣传等“送五福”活动。

刚有筹建爱心食堂的想法时，新南村党总支书记周渭兴心里没底：没有可用的闲置房屋，建设资金没有着落，运营也没经验。

然而，向村民们说了这事后，工作却出奇的顺利。

租用老学校的村民无条件终止租赁合同，为爱心食堂腾出场地；乡贤得知村里老人的用餐需求和爱心食堂的作用后，不仅爽快答应资助，还主动提高捐赠金额；种粮大户积极行动，为爱心食堂送来免费大米；短短 10 天，村里收到爱心捐款累计 60 多万元……

办好爱心食堂的主力是群众。物质上富起来的诸暨人，正用自己力所能及、实实在在的行动，展现精神上的富裕。

爱心食堂是诸暨新时代文明实践的成果之一。诸暨人虽然普遍富裕，但日常生活并不奢华。办酒不铺张、礼金不攀比、丧葬不迷信，婚事新办、丧事简办、其他减办，把省下来的钱花在更有意义的地方……形式多样的基层文明行动，让乡村刮起了节俭向善的文明新风。

在推进共同富裕建设进程中，浙江诸暨通过机制建设与引导，涵养“富裕”之源，让群众在生活上富起来的同时，也在精神上得到文明的润泽。

建设共同富裕进程中，浙江诸暨作为“枫桥经验”发源地，以关爱基金、爱心食堂、全城志愿等作为抓手，在群众精神文明建设方面作出大量探索。

——关爱基金。全国首创“村村有、人人用”的村级关爱基金模式，探索出“捐在基层、用在基层、邻里互助、同村共济”的“第三次分配”文明路径。累计筹资近 2 亿元，使用 1.11 亿元，惠及群众 28.2 万余人次。

——爱心食堂。创设爱心食堂模式，全面推行话说幸福、健康有福、关爱添福、欢乐集福、生日祝福等“爱心食堂·共享五福”助老服务，探索形成广覆盖、高质量、可持续的多跨养老路径，打造“诸有颐养”养老服务“金名片”。至 2023 年初，诸暨已建成食堂 192 家，服务 279 个村 9000 余名老人。

——全城志愿。聚合 2600 余支村级标准化志愿队、1000 余个公益组织，创新推行“暖心八件事”，开展“社区百管达人”工单服务、“乡村公益会场”联盟服务，切实在解决群众小需求中弘扬社会大文明。

——移风易俗。从群众反映强烈、现实矛盾突出的婚丧嫁娶大操大办问题上破冰，深化流程规约制、节约承诺制等 7 项制度，推行乡风文明理事会“走亲式”劝引法，每年可为百姓减负 10 亿元。

道林山村是诸暨典型的“百姓村”，1100 多名村民共有 100 多个姓氏。以前村里纠纷多，有时村民闹起矛盾来，谁也不肯让谁，村干部都劝不动。

有了关爱基金后，村委调查了群众需求，每年投入 10 万元左右组织开展村民喜闻乐见的集体活动。打场篮球赛、跳个舞，一些小矛盾在不知不觉中就化解了。

大唐街道上下文村有两位百岁老人，彼此是亲家。前年，一位老人把原本用来做寿的 10 万元全部捐给了关爱基金。于是，另一位老人把子女孝敬的 10 万元也捐了出去。

“移风易俗要节俭，关爱基金要增量，‘一加一减’间涵养文明新风，激发道德潜能。”上下文村党总支书记杨七明的脸上流露出欣喜之情。

现在，移风易俗捐款已成为诸暨乡村百姓操办红白事时的一项特殊仪式。4000余户家庭把节省下的380余万元捐给关爱基金，捐款额最高的一户捐赠了20万元。

2018年以来，诸暨全市共有23万余人次参与村级关爱基金捐款，不仅党员干部带头捐、企业爱心捐，更有广大群众的热心参与。其中，乡贤捐款占总额一半以上，村民16万余人次自发捐款4000余万元。

“日心月益”是诸暨市民政局联合市慈善总会推出的一个慈善文化工程，以“日怀善心，月行公益”为基调，以“人人可慈善，处处皆慈善”为目标，搭建集合慈善项目、慈善文化、慈善品牌、慈善站点等元素的慈善综合体。

“日心月益”村社慈善服务点（原爱心驿站）是诸暨重点打造的慈善站点。村社慈善服务点以村（社）为单位，坚持“党建引领、政府主导、民政主建、五社联动、多元参与”，构筑集政策宣传、捐赠救助、资源对接、文化弘扬、志愿服务等功能于一体的城乡基层公益慈善综合服务平台。

截至2022年底，全市慈善冠名基金总数达179个，慈善信托资金总量达1145万元，数量和金额位居绍兴第一。

对老年人，诸暨格外用心用情关爱。

退休人员社会化管理一直是基层工作中的难点。诸暨聚焦管理堵点、痛点，建设“退休小管家”数字化应用，形成全国首个专注于退休全生命周期管理服务的保障体系，打造富足富裕的退休生活场景。

“退休小管家”数字化应用于2021年12月上线，一年间服务超263万人次，先后获评数字门户省级优秀应用、省人社数字化改革最佳应用，入选《浙江省数字社会案例集》和《浙江省“关键小事”智能速办目录》，并在全省推广。

将“等客上门”向“靠前服务”转变。诸暨探索推行“提前介入、精准匹配、待遇直享”的创新服务体系，明确“我临退休、我已退休、我享退休、我管退休”四大场景，设置智能咨询、到龄提醒、资格认证、健康体检、老年课堂等11项功能，切实解决群众政策信息“获取难”、办业务“跑腿烦”、待遇申领节点“易错失”、待遇资格“认证难”等问题。

以文化人

2003年，浙江开始实施“八八战略”，其中一项重要举措就是“进一步发挥浙江的人文优势，积极推进科教兴省、人才强省，加快建设文化大省”。2005年，浙江省委十一届八次全会通过了《中共浙江省委关于加快建设文化大省的决定》，提出重点实施“八项工程”，搭建起浙江文化建设的“四梁八柱”。

以“八八战略”为总纲，浙江把文化的力量深深融入改革发展的各项工作，文化建设成为推进共同富裕的重要载体。从文化大省向文化强省迈进，浙江着力打造新时代文化高地。

从美丽的良渚出发，过一个河姆渡，跨一座跨湖桥，到达浦江上山遗址，这条路成为通向远古的诗意之路，也成为浙江文化的寻根旅路。

20年来，浙江持续增强先进文化的凝聚力、解放和发展文化生产力、提高社会公共服务力，大力实施文明素质工程、文化精品工程、文化研究工程、文化保护工程、文化产业促进工程、文化阵地工程、文化传播工程和文化人才工程。

用党的创新理论凝心铸魂是文化建设的首要任务。浙江各级党员、领导干部始终坚持加强科学理论武装，不断巩固壮大主流舆论，广泛培育和践行社会主义核心价值观，大力弘扬“红船精神”“浙江精神”。

浙江不遗余力地对文化遗产进行保护和传承。阳明文化、和合文化和南孔文化里深藏着浙江人民的精神密码，从井头山遗址、义乌桥头遗址、上山文化遗址中都能找到浙江发展的源头。留住浙江文化的根脉，就是留住了浙江发展的源泉。

解放和发展文化生产力是繁荣文化的必由之路。20 年间，浙江高水平推动优秀传统文化创造性转化、创新性发展，着力激发全省域文化创新活力，推动创新文化与文化创新双向促进。

文化体制改革不断深化，文化事业和文化产业高质量发展。2004 年至 2021 年，文化产业增加值从 442 亿元增长至 5145 亿元，占 GDP 比重从 3.8% 增长至 6.95%。特别是利用浙江的体制机制和资源优势，激活民营文化企业的发展潜力，培育华策影视、横店影视、大丰实业、宋城演艺等一大批优秀民营文化企业，推出了一系列优秀文艺作品、文创产品、文旅精品。

为群众提供高品质精神文化生活是文化建设的根本目的。浙江着力推动公共文化服务规范化、标准化，形成了农村文化礼堂、县级图书馆总分馆、城市书房等文化惠民浙江经验，建成 8000 多个“15 分钟品质文化生活圈”，让文化建设成果看得见、摸得着、真实可感。特别是着力构建以精神富有为标志的文化发展模式，不断缩小城乡和地区公共文化服务的差距，努力在共同富裕中实现精神富有。

文明之花，遍布城乡。如今，凡人善举像蒲公英一样四处播撒，不断擦亮“最美浙江人”的“金名片”，向善之美、诚信之美、奉献之美和担当之美不断绽放。

浙江扎实推进新时代文明实践中心试点建设，建成实践所（站、点）5 万余个，成为首个全国文明城市设区市“满堂红”的省份。“浙江有礼”省域文明品牌在全国叫响叫亮，礼让斑马线、聚餐用公筷、排队守秩序等文明好习惯遍地开花。建设“信用浙江”，推广“诚信银行”“诚信档案”等品牌，诚信种子撒遍全省每个角落。

转角遇到美

一处处别具特色的文化地标、一个个激荡人心的凡人善举、一台台浸润人心的文化大戏，从“盆景”到“风景”，由“风景”到“风尚”，浙江探索的共同富裕之路，不仅有物质富裕作经济基础，更承载着精神富有的文化积淀。

青山绕新居，湖水映亭台。文化礼堂内外，村民们或歌舞运动，或捧茶阅读。分餐制新风、红白事易俗等墙绘漫画生动传神，“抗疫英雄”“最美家庭”短视频讲述着百姓身边故事……走进浙江不少乡村，时时处处能感知文明新风拂面。

浙江不少地方依托文化礼堂总部管理体系，在全域开展新时代文明实践中心建设，打造理论宣讲、教育服务、文化服务、医疗健康服务、科技与科普服务、健身体育服务等六大平台。

近年来，浙江省全面实施“万家礼堂引领工程”，助推乡村振兴战略。

如今，行走浙江城乡，一座座文化礼堂星火燎原，在润物无声中，构筑起群众心灵家园，沉淀起最美乡风，让社会主义核心价值观“住进”百姓心里。

在硬件基础上，浙江探索了“县级总部、乡镇分部、村级理事会”的管理体系，打造“实践中心—实践所—实践站”三级新时代文明实践中心体系架构。

大屏幕里，老师一招一式分解动作；屏幕外，文化礼堂分部的学员们认真跟学、热情高涨。天台县文化馆的舞蹈老师来到县文化礼堂总部，进行线上云视频舞蹈教学。“舞蹈夜校”“云端教学”的模式，在当地百姓的微信朋友圈中风靡一时。

抓新时代文明实践中心建设，为的是把工作做到群众的心坎里，让群众活动有去处、服务有保障、精神有寄托。浙江以技术赋能推进新时代文明实践中心建设，打通宣传群众、教育群众、服务群众“最后一公里”。

紧扣群众需求，浙江着力增强文明实践活动的吸引力、感染力、渗透力，以群众参与感为基准，深化拓展“我们的节日”主题活动，组织开展“乡村十礼”、“我们的村晚”、乡村广场舞、文化走亲等活动，增加群众文化服务有效供给。

由点到面，从“盆景”到“风尚”，遍及城乡的志愿者队伍成为文明实践中心的生力军。

临海市鹿城社区是个老社区，有2.5万名常住人口。以前治安“不太平”，一年刑事案件量占全市四分之一，现在却成了“省级平安先进集体”，志愿者队伍有不可替代的作用。

鹿城社区先后成立了29支志愿服务队。守护队、艺术团、调解团、普法宣传队、暖心陪聊陪医服务中心……志愿者力量下沉了，社区笼罩的阴云像泡沫一样逐渐消散。

文化之力，春风化雨；文明之光，触手可及。对志愿服务的供需两端来说，温暖也可以精准“配送”。

2019年11月27日，浙江首个与全国志愿服务大数据打通的“新时代文明实践云平台”发布上线。平台实行“百姓点单、中心派单、志愿者接单、群众评单”的精准配送模式，在提高志愿服务效率的同时，又减少资源空置。

在浙江不少地方，高标准推动新时代文明实践中心建设成为宣传党的路线方针政策的“主阵地”、服务基层群众的“综合体”、维护意识形态安全的“前哨站”，努力打造新时代文明实践中心建设的“浙江样本”。

要以系统观念统筹谋划人口问题，以改革创新推动人口高质量发展，把人口高质量发展同人民高品质生活紧密结合起来，促进人的全面发展和全体人民共同富裕。

——二十届中央财经委员会第一次会议指出

（2023 年 5 月）

钱塘之晨、钱江两岸（胡鉴 摄）

第二部分 求解共同富裕

第二章 聚焦人的现代化

让技工有盼头

对这座轻工制造业城市而言，探索共同富裕，一个着力点是让技工群体有盼头、更体面。

依山面海、水穿城过的浙江台州，水乡风韵浓郁，人文积淀深厚，是佛教天台宗和道教南宗的发祥地，以“佛宗道源”享誉海内外。

改革开放后，台州人靠着“山的硬气、水的灵气、海的大气、人的和气”，开创了股份合作制，台州成为我国民营经济的重要发祥地，并在改革开放浪潮中大放异彩，成就了“制造之都”的美名。

台州制造业企业超过 7 万家，约 300 个产品细分市场占有率居国内外第一，产值亿元以上的企业有千余家。在台州，来自全国各地的技工数量达到 124 万人，占当地人口总数近两成。

在汽车及零部件、通用航空、模具与塑料、医药医化、缝制设备等领域，台州技工不断沉淀技艺，成为城市经济社会发展的中流砥柱。让技工收入提升，成为城市中等收入群体，也是台州推进共同富裕的重要着力点。

来自江西宜春、40 岁出头的刘文斌，定居台州。他是典型的打工人，十几岁就离开家乡，曾经在广州的电子厂、晋江的服装厂、张家港的塑料厂工作过。2016 年，他跳槽到台州一家企业，已经干了 6 年多。

“我这个行当，还没一个书面的说法。”刘文斌打趣说，不知道该怎么介绍自己的行业，只能说靠经验，把塑料的强度、颜色、形状等性状调配到想要的状态，做出个性化的产品。

刘文斌所在的浙江明筑新材料股份有限公司，是仿真植物制造领域的一家国家级高新技术企业，产品出口全球100多个国家和地区，在欧美、日本等地有80多项专利。随着市场对仿真植物的认可度越来越高，近些年，这家公司的业务规模成倍增长。

企业董事长徐世虎在塑料行业打拼多年，以前开的小工厂主要做标准化的日用消费品，行业竞争压力大，利润一路下降，难以为继。此番在仿真植物行业找准了新赛道，他靠着一支学历不高但经验丰富、技术独到的技工团队，推动企业创新发展。

技工门槛不高，还能成为企业的核心竞争力？

“可不要小瞧了技工，手工艺的门道多着呢！”

徐世虎也是从塑料技工干起的，他清楚地知道，同一个工种的师傅，做出来的产品可能千差万别，产品定价也有很大区分度。正是看中刘文斌过硬的手艺，徐世虎提拔他担任公司研发部的副经理。这一岗位年薪超过30万元，且有稳定涨幅。

一本由台州市政府部门认证颁发的“台州技工”星级证书，让刘文斌欣喜不已，格外珍视。他把证书摆在办公室里显眼的位置。

台州出台《“台州技工”星级评价激励办法》，面向企业一线技能人才开展评价工作，计划3年累计评星级“台州技工”3万余人。

2021年，台州评出星级“台州技工”9762人，并给予最高5000元的一次性现金奖励、市内国有景区免门票优惠、就医“绿色通道”、流动人口积分奖励等政策激励。

“这份认可很重要。”刘文斌说，证书代表着认可，表明政府和社会认可他所在的行业，也认可这个行业的从业者所需具备的专业能力。

对这座轻工制造业城市而言，探索共同富裕，一个着力点是让技工群体有盼头、更体面。

在全球缝制设备制造领域，位于台州的杰克科技股份有限公司是领军企业。这家企业70%以上的工人是生产线技术工人，主要来自安徽、河南、湖北等省份，其中70%的工人年龄在25岁至35岁之间，40%的工人学历在中专、高中以上。

这家企业的技工流动率低于5%，而同行业的平均数据超过20%。究其原因，在于它有一套持续提升技工获得感的制度设计。

企业将技工职业发展通道细化为10个职级（P1—P10级），包括初级工、中级工、高级工、见习技师、技师、专家、高级专家、首席专家等级别。职级一年评定一次，定级反馈快，一线技工能够较快晋升到P4或管理岗位。根据岗位职级，企业还会对P3级以上员工按照岗位价值进行股权激励。

收入增长有盼头，让20岁出头的查桂峰干劲十足。

他来自安徽省阜阳市的农村，此前5年一直在沿海发达省份打工，其间换了6次工作，看不到留在城市的希望：就算每个月打工收入将近1万元，刨掉房租、饮食、交通等日常开支，每年若能存下五六万元，便已经算是勤奋踏实的年轻人了。但在沿海三线城市的一套婚房也要将近200万元，打工人买房“压力山大”、遥遥无期。

在杰克科技股份有限公司，查桂峰身边同龄的技工，就有人年收入超过20万元。这家公司推行“以岗定级、以级定薪、人岗匹配、易岗易薪”职业发展通道，并以职级评定为基础进行股权激励，绑定企业和技工发展利益，技工年收入最高可达60万元。

“多参加业务实训，主动学习智能设备操控技能，积极考证……现在我整天琢磨着怎么提高职级、增加收入。”查桂峰体会到，跳槽并不能长远增收，在一个行业学到真功夫才是王道。正是技工成才通道，给了他专注积累的平台。

台州的浙江银轮机械股份有限公司，将员工技能等级与薪资挂钩，按照高级技师500元/月、技师350元/月、高级工200元/月、中级工100元/月的标准给予薪资补贴，激励员工不断提升自己的操作水平，并将技能等级证书作为员工职位晋升的依据。

“企业想方设法给技工提高收入，难免降低利润，老板岂不吃亏？能持续吗？”

“你这种算法，不对！”

对于疑惑，浙江银轮机械股份有限公司董事长徐小敏随口反问了好几个问题：

如果一家工厂的技工流失率达到20%，办离职手续、打劳资纠纷官司、长期招工带来的隐形成本有多大？

如果没有成梯队的技术团队，一家工厂靠什么在越来越激烈的市场竞争中站稳脚跟？靠什么做大做强、变成有自主创新能力的现代企业？

在生产线上摸爬滚打的成熟技工，能够带动一个团队，形成一颗创新的种子，产品收益的想象空间有多大？

……

聚焦技工群体，台州推出“技能增、职级升、薪酬涨、职业香、难事帮、党建融”等“六招”，以及职教育才、定级评聘、股权激励、培树劳模、精准解忧等“十二式”，促进这一群体壮大成为中等收入群体。

截至2022年底，浙江产业工人数量从2017年的2000万增加到2022年的2150多万，且大部分集中在非公企业；技能人才数量从2017年的967.8万增加到2022年的1195万。

2022—2025年，浙江实施新时代浙江工匠培育工程，制定涵盖900个职业类别的“浙派工匠”目录，健全与产业发展相适应的技能人才全方位、全链条培育体系，让越来越多的劳动者“增技又增收”，为共同富裕示范区建设提供强有力的技能人才支撑。

“常山阿姨”成品牌

放心保姆哪里找？常山阿姨就是好！

推进共同富裕建设，常山县围绕人力资源做文章，这句广告词越来越响。

东面沿海的浙江，“七山一水二分田”，境内连绵的群山与浩瀚的大海遥相呼应。迥异的自然条件，也让浙江不同地区的发展一度拉开差距。

2003 年，“八八战略”提出，进一步发挥浙江的山海资源优势，大力发展海洋经济，推动欠发达地区跨越式发展，努力使海洋经济和欠发达地区的发展成为浙江省经济新的增长点。

山呼海应，山海协作。这种发挥比较优势、缩小发展差距的破题思路，带动了浙江山区 26 县加快发展，也为共同富裕建设提供了实践借鉴样本。

念好新时代“山海经”，通过机制性制度性建设，破解区域协调发展不平衡、不充分问题，推动构建陆海统筹、山海互济的发展格局，是浙江高质量发展建设共同富裕示范区的题中应有之义。

成为月嫂之前，祝凤仙是高速公路常山服务区的一名工作人员。2012 年初，她决定改行做月嫂，但最初几年并不顺利。

她发现，做同样的工作，“金牌月嫂”月收入最高可以超过 2 万元，在市场上供不应求。而普通月嫂只有五六千元，还容易被雇主辞退，反复折腾，一年到头存不下几个钱。

磨刀不误砍柴工。祝凤仙意识到，月嫂不单是体力活，更是一门技术活。因为缺乏系统培训，育儿经验不足，多数月嫂在市场上竞争力弱。为了有效提升自己的专业水平、综合素质，祝凤仙开始积极参加育婴员培训。从依赖“土方子”到学习科学知识，从照顾新生儿到呵护产妇情绪，她越学越有劲。

收入随着技能相应增长，让她理解了那句话：“提升自己，才是最好的投资。”祝凤仙现在每年都要花钱定期培训，因为社会在发展，市场在变化，月嫂也需要不断地学习进步，才能不断打破收入的“天花板”。

衢州市常山县位于浙江省西南部，八山半水分半田，地处山区却又四省通衢。工业底子差、人口只有30多万的常山，一直是劳务输出大县，其中有4000多名农村妇女常年在杭州、上海等城市从事家政类工作。

2017年，常山县挖掘当地妇女劳动力资源，着力打造“常山阿姨”家政品牌，加快组织化、标准化、专业化发展。市场意识更早觉醒的祝凤仙，成为首批获得认证的“常山阿姨”之一，并凭借成熟精湛的技艺，当年就被评为首届“十佳常山阿姨”之一。

有了信誉度，有了广为人知的认证品牌，祝凤仙在月嫂行业中站稳了脚跟。这几年，祝凤仙的日子越过越好，不仅在老家盖了新楼房，还能每年留存不少积蓄，还打算等儿子毕业后到城里买房，安居乐业。

一流的职业素质，让周丽萍深受客户的好评与信任，优质订单接连不断，还收获了职业成就感。

在杭州从事家政服务工作的周丽萍也是常山人，她每天骑上电动车、带着保洁工具提供上门打扫卫生的服务，月收入也能过万元。

“订单忙不过来，大多是老客户。”

“一个小时50块钱，价格不便宜啊！”

“客户说这钱花得值呢。”

……

周末订单常常爆满，大多是年轻人点的单。他们告诉周丽萍，与其自己花半天时间打扫，身心俱疲，不如让专业的人做专业的事。周末休息好了，家里更干净了，才能带着更放松的状态投入下周的工作。

年轻人的理性想法，也给周丽萍带来了启发。

有一次，客户坚持花钱请家政人员打扫卫生，而不肯劳烦空闲在家的父母。父母对此很不理解，认为孩子不心疼钱。

无奈之下，这位年轻人向父母吐露心声："不愿意你们打扫，既是心疼你们、想让你们多休息，也是觉得你们打扫得不够干净。一块抹布在厨房、客厅混着用，还舍不得用水洗。我并没有抱怨的意思，但每个人生活习惯不一样，也希望你们理解和尊重。"

听到这番话，老人似乎理解了，周丽萍也觉得自身职责更重了。

不主动与客户闲谈，不在客户家喝水，进门后一刻不闲，零头时间不收费用……一流的职业素质，让周丽萍深受客户的好评与信任，优质订单接连不断，还收获了职业成就感。

因地制宜促农增收，常山县探索通过机制性制度性创新，持续提升家政人员技能素养，从而提高其劳动价值，带动农户家庭收入大踏步前进。

常山设立服务家政行业的事业单位——"常山阿姨事业发展服务中心"，全面负责"常山阿姨"品牌建设具体工作：统一设计品牌标识，提升"常山阿姨"辨识度；探索成立"三位一体"的村级劳务公司，鼓励村集体、培训学校和家政公司三方合作，实现村集体和百姓共同增收；建立常山阿姨大数据服务平台——"常山阿姨数智应用平台"，完善常山阿姨信用等级评价体系，打通"阿姨—客户—公司"线上签约渠道，创新引入三方评价模式。

目前，常山家政服务业从业人员 7000 余人，长期在外就业的有 4000

余人，每年开展家政技能培训涵盖2000余人次。月嫂和其他工种的人均月工资分别达到12000元和6000元。家政服务业的发展每年至少带动当地妇女增收3亿元，助力群众特别是农村妇女增收。

浙江省提出，探索一批共富机制性制度性创新模式，聚焦缩小“三大差距”、促进社会公平，在农业转移人口市民化、山区26县“一县一策”、生态产品价值实现机制、普惠性人力资本提升等领域率先探索突破，推动发展型制度政策加快向共富型机制创新跃升转变。

浙江高质量发展建设共同富裕示范区，山区26县是突破口和关键点。作为加快缩小山区与全省发展差距、推动山区共同富裕的重大举措，2021年底，浙江实现山区26县“一县一策”全覆盖。

这一工作思路确立之初，浙江省委、省政府、省人大、省政协“四套班子”及其委（办、局），以及有关发达县（市、区）、山区26县等相关部门密集展开调研，助力该机制性共富模式扎实落地。

浙江省布局“1＋2＋N”的政策体系。“1”即一个总体方案，编制印发《浙江省山区26县跨越式高质量发展实施方案（2021—2025年）》，明确提出，争取到2025年，26县人均GDP超过全省平均水平的70%，达到全国平均水平。

“2”即两个指导意见。浙江省发展和改革委员会会同浙江省农业农村厅，分别牵头制定了进一步加强山海协作、结对帮扶的指导意见，推动构建组团式、宽领域、全覆盖的结对帮扶体系。

“N”即“一县一策”和一批专项支持政策。按照“小切口、大牵引”思路，为山区26县量身定制发展方案和支持举措。

有梦想谁都了不起

老人更长寿是社会进步的一个标志。在浙江，对以人的现代化为核心的共同富裕目标的追求，落脚在对人的全生命周期的关爱上。

杭州是一座与水息息相关的城市。闻名中外的西湖，是杭州最具识别度的风貌标签和文化载体，也为这座城市注入了独特韵味。

与西湖水面最短直线距离仅约 3 千米的钱塘江，是杭州的另一个地理符号。“东南形胜，三吴都会，钱塘自古繁华。”在北宋词人柳永笔下，“钱塘”是杭州城及周边区域的代名词。全长 500 多千米的钱塘江，其下游是流经杭州城内的最主要水道。

除了湖与江，杭州城内还流淌着京杭大运河。这条始建于春秋时期，世界上里程最长、规模最大的人工运河，南段终点的标志是拱宸桥。在杭州当地，有“一座拱宸桥，半部杭州史”的说法，充分说明了这条水道贯穿杭州城的古与今。

湖、河、江、湾，从干流到支流，再到河沟溪流，各种形态的水，构成了杭州地理版图中的大动脉与毛细血管。

与这座城市独特的地理风貌相似，杭州是一座包容的城市，兼收并蓄。

在杭州经商 30 多年、年满 60 岁选择退休的贾征程，以每月将近 2 万元的租金，租下了九里松花苑的一处农民房。这栋 3 层小楼位于杭州市西湖区灵隐路，周边是郁郁葱葱的林木，与西湖山水相依。

既有城的方便，也有村的恬静。几乎每一个清晨和黄昏，贾征程和爱人都会出门散步。走在石板路上，呼吸着沁人心脾的空气，在一片森林中，身体和心灵都在放空。

更好的时光是周末。儿子一家四口来团聚，门前种的蔬菜，邻居家的果树，林里跃动的松鼠，都是有趣的话题。

贾征程是河南新乡人，20 世纪 90 年代初来到杭州，先是在货运公司打工，之后改行经销水果。生意越做越好，不少河南老乡追随他一起干。他们大多在杭州有了稳定事业，成为新杭州人。

钟灵毓秀的江南名城，古往今来一直是许多人的魂牵梦萦之地。在当代，杭州更是一片宜居宜业的热土，数以百万计的外市人、外省人持续涌入，在各个角落找到自己的位置。

2010 年全国第六次人口普查数据显示，杭州有常住人口 870.04 万人，到 2020 第七次人口普查时，杭州常住人口增加到 1193.6 万人。10 年间增加了 323.56 万人，年均增长率 3.21%，杭州成为全国人口增长速度最快的城市之一。

这 10 年间，浙江省人口共增加 1014.07 万人，年均增长 1.72%，平均增长率比全国高出 1.19 个百分点。浙江人口总量超越安徽和湖北，从全国第 10 位上升至第 8 位。

共同富裕蓝图中，浙江这方水土上，来自不同地区、不同年龄、各行各业的人们，都期盼拥有更加体面的生活。

晚间将近 11 点，杭州武林路依旧热闹。在武林夜市，闪烁的电子招牌比比皆是，带有二维码的“烟火武林、匠心夜市”Logo 随处可见，饰品摊、鲜花铺、小吃档的老板们忙得不亦乐乎，顾客摩肩接踵。

钻进音乐美食城，新潮的音乐与锅碗瓢盆交错、热油嗞嗞作响的声音混搭，让人食欲大振。来自吉林的姚晓林夫妇，一边与进出的顾客打招呼，一边忙着颠勺、接单。

“炒粉干和锅贴最畅销。”从 2023 年春节到现在，武林路的人气一天比一天足，生意一天比一天好。随着春暖花开、气温回升，店铺就要忙不过来了，他们准备再雇个员工。

宠物店的负责人刘明霞没有想到，开在武林路的新店生意如此火爆，每晚接近凌晨才会闭店。眼看抱着小猫咪逛夜市的年轻人越来越多，她正在筹划的下一个分店，也打算开在闹市街。

武林路是杭州有名的消费一条街，早年这里以女装为主的品牌商家超过1000家。随着线下服装生意日渐式微，全长1.6千米的武林路与不少老街一样面临阵痛，开始出现店铺空置、转租的情况。

为了让年轻人重返消费一条街，2022年，杭州市拱墅区实施武林路改造升级工程，从沿街商铺外立面翻新整治，到道路标示标牌、商铺店招和夜景灯光整体改造，从开发“云上武林”线上主题街区，到发展首店经济、品牌经济、夜间经济等消费新模式。

浙江省文化馆、文创私房菜、文艺咖啡店、买手店、烟火味十足的武林夜市……崭新的武林路，带来小店的春天。

据统计，2023年春节以来，武林路人流量平均每天接近8万人次，比2022年翻了一番。

“那个时候叫‘女人街’，现在可以叫‘青春街’。”在武林路开服装店23年的邓丽英相信，尽管有高潮低谷，但武林路不会消沉。2022年，她把店铺装修一新，从工厂店升级到服装定制店，还亲自上阵拍摄短视频、运维宣传账号。

聚焦破解共同富裕面临的普遍性难题新题，浙江省提出研究谋划共富型大社保体系、财税政策体系、强村富民集成改革、进城农民工共同富裕、“浙里长寿”体系等牵一发而动全身的重大改革方案，促进社会保障开始向“共富型”迭代升级，在促进人的全面发展、发挥再分配功能，特别是缩小城乡、区域、收入“三大差距”上发挥更多作用，将社会保障作为全体社会成员的一项基本权益全面落实。

截至 2022 年 6 月底，杭州市共有百岁老人（含虚岁）1716 位，而在 2010 年，这一数据仅为 310 位。

杭州市百岁老人越来越多，离不开经济快速发展、人民生活富足、社会环境和谐、医疗卫生水平提高、养老保障水平提升等外部因素。

老人更长寿是社会进步的一个标志。在浙江，对以人的现代化为核心的共同富裕目标的追求，落脚在对人的全生命周期的关爱上。

“窝沟封闭”，这个医学名词这些年被更多人知晓。越来越多学历高、眼界宽的年轻家长，意识到一口好牙的重要性，开始对儿童的口腔健康给予更多关注。

从小没有养成良好护牙习惯的刘亦德，将蛀牙一拖再拖，直到频繁出现口腔发炎症状，痛苦难当。一年多时间里，他前后去了医院十几趟，最终拔掉了 4 颗智齿，种植了 1 颗牙。因为牙槽空间不够，另一颗本该种植的牙种不下去，只好作罢。时间久了，牙槽的这个空位导致附近牙齿出现松动，缝隙越来越大。

跑了好几家公立医院、私立医院，都没有找到满意的解决办法，刘亦德一脸沮丧。这时他才意识到，电视里看到一些发达国家的人们大多有一口好牙，整齐又亮白，这背后是全社会对牙齿健康的重视，也从侧面反映了社会进步程度。

为了照顾好家人的口腔健康，刘亦德在杭州一家知名民营口腔医院办理了家庭卡，每年接受口腔环境检测、洗牙等基本服务，收费超过 6000 元。他心想，这笔钱花得值，早就该花。

日益受到公众关注的，不仅有口腔健康，还有颈椎病、近视等越来越普遍且明显影响生活质量的问题。在共同富裕场景下，这些普遍问题需要得到制度性关注。

作为“浙里长寿”重大改革方案的组成部分，浙江省正在推进“一老一小”明眸皓齿工程，涵盖了儿童青少年眼健康干预、老年困难群体“光明”行动、儿童口腔健康干预、老年困难群体“口福”行动等，开展儿童青少年近视防控、适龄儿童窝沟封闭、老年困难群体白内障筛查与手术治疗、眼和口腔健康档案建立等项目，造福相关群体。

共同富裕是社会主义的本质要求，是中国式现代化的重要特征，要坚持以人民为中心的发展思想，在高质量发展中促进共同富裕。

——习近平总书记主持召开中央财经委员会第十次会议时强调

（2021年8月）

义乌国际商贸城（杨波 摄）

第二章

推动高质量发展

数字赋能“块状经济”

2023年“新春第一会”上，浙江提出三个“强力推进”，并部署今后以更大力度实施数字经济创新提质“一号发展工程”、营商环境优化提升“一号改革工程”、“地瓜经济”提升能级“一号开放工程”。

在我国市场经济版图中，浙江“块状经济”独树一帜，在今天依旧特色鲜明。在浙江，以袜业、珍珠工贸行业为支柱的诸暨是一片产业高地，拥有全国乃至全球影响力。比如袜业，每年产自诸暨的袜子超过200亿双，约占全国的70%、全世界的35%。

诸暨市大唐镇是蜚声中外的“中国袜业之乡”，在整个袜业界，素有“大唐袜机响，天下袜一双”的说法。大唐袜业起源于20世纪70年代初，从“手摇袜机、提篮叫卖”到订单爆满、走出国门，40多年来形成了拥有原料、袜机、织袜技术等完整产业链的千亿元级别产业集群。

改革开放40多年，我国市场经济一路高歌猛进。加入世界贸易组织、全方位打开国际市场之后，大量市场主体夜以继日，创造了许多“从无到有”的轻工产业，并在较低的门槛上一路扩大生产。

沿着经济规律运行几十年后，市场先发红利和廉价劳动力红利加速消失，传统制造业遭遇生产过剩危机，环境污染、管理低效、恶性价格竞争等短板越发凸显。企业在困境中普遍感受到：“高质量发展”是必由之路。

近些年，诸暨袜业产业规模几乎见顶，企业利润一路下滑，生意越来越难做：当年一双袜子能净赚2毛钱，现在只有几分钱薄利，甚至不挣钱。

对于这种变化，浙江秀欣科技有限公司感受非常真切。与数以千计的同行类似，这家公司 1994 年开始做袜子，走了将近 20 年的上坡路。之后感到市场压力迫近，直至撞到盈亏平衡点。

2015 年是个拐点，公司当年勉强实现盈亏平衡，利润几乎可以忽略不计。2016 年，公司亏损 500 万元；2017 年，继续亏损 450 万元，看不到扭转迹象。

秀欣科技曾在 2008 年国际金融危机中突围壮大，但此时却深感商业时代变了：人工成本刚性上涨，商品消费层次升级，环保高压红线迫近……行业走到了变革的十字路口。公司副总经理杜国财坦言，袜子"做出来就能卖出去"的商业时代已经终结了。

行业充分竞争，企业长期利润点在哪里？

过往红利消退，新发展动力在哪里？

转型势在必行，突破口在哪里？

……

浙江量大面广、数以百万计的企业，大多有同样的疑问。一些企业把目光投向日本和德国企业，研究如何"向管理要效益"。

让秀欣科技摆脱困境、扭亏为盈的是"数字经济"。杜国财介绍，企业 2017 年投入 1000 多万元、历时两年研发出行业领先的数字化生产线，使挡车工人均操作袜机从 10 台变成 60 台、机修工用工数量削减三分之二，每月用工支出减少 30 多万元，车间产量提高 14%。

这场"革命"，还为企业带来"卖设备""卖系统"的新盈利点。这让企业初步领悟到：为同行业提供管理解决方案，附加值往往比提供产品和设备的更高。

数字经济，开辟了浙江实体经济再创辉煌的新跑道。它并非又一个经济模块，而是横向作用于所有传统产业。200 多万家民营企业、400 多万个体工商户，从横向割据到纵向赋能，产生的"化学反应"有多大能量？

老树开始发新芽。新经济赋能传统产业，大企业、大集团与中小企业齐头并进，各自把优势发挥到极致，共同续写浙江民营经济发展的新篇章。

让数字化转型蔚然成风，成为制造业“凤凰涅槃”、经济高质量发展的动力，浙江着力引导支持企业破解三重瓶颈：数字化转型思维不够，部分企业家对转型认知比较匮乏、对转型期待不够合理、对转型进程不够坚持；缺乏复合型人才和成熟解决方案，大量业务知识没有智能化、模型化，数字化转型的成功率和效率偏低；数字化服务商水平参差不齐、设备连接标准不统一、企业数据治理不规范、转型缺乏同类案例和可借鉴模式，令企业产生畏难情绪。

2022 年，浙江省数字经济增加值占 GDP 比重和数字化综合发展水平均居全国第一；数字经济核心产业增加值达 8977 亿元，占 GDP 比重达 11.6%；全年数字经济核心营业收入突破 3 万亿元，达 3.28 万亿元；培育数字经济领域千亿企业 2 家、百亿企业 45 家、上市企业 164 家。

基于数字化基础，“平台＋大脑”“改革＋应用”等建设全面推动治理能力现代化，“一图一码一指数”“政采云”等标志性成果走出浙江、走向全国；“互联网＋监管”、公共数据应用水平全国领先，未来社区、未来乡村展现共富先行浙江风采。

2022 年 6 月，浙江省第十五次党代会报告提出，要打造数字经济“一号工程”升级版。

进入新发展阶段，浙江省肩负共同富裕先行和省域现代化先行的光荣使命，亟须在数字经济五年倍增计划收官之年接续发展动力、跑出加速度，把数字经济先发优势转变为带头领跑的持久优势，加快建设以数字经济为核心的现代化经济体系。

民营经济新飞跃

民营企业家是浙江最宝贵的资源财富。推动新时代民营经济新飞跃，是浙江推进共同富裕先行和省域现代化先行的题中应有之义。

浙江宁波、台州、绍兴等制造业大市，分布着大量用工规模在1000人以上的“千人工厂”，它们作为行业领先的头部企业，近些年经营走势出奇一致：2018年处于产销高位；2019年、2020年受中美经贸摩擦、疫情直接影响，营收维持稳定；2021年在全行业低潮中尽显优势、营收大增；2022年延续这一势头。

外贸重镇在变局中高速发展。绍兴市柯桥区年纺织品出口额超过1000亿元，贸易覆盖全球192个国家和地区，轻纺城年交易额达到3000亿元，占全球纺织品交易额四分之一。

2022年，柯桥全区出口额1338.91亿元，同比增长22.4%。分市场看，柯桥面向“一带一路”沿线国家出口增长27.4%，对区域全面经济伙伴关系协定（RCEP）成员国家出口增长33.5%。

“七山一水二分田”的浙江，发展经济的先天条件不足，但数以百万计的浙江人在改革开放浪潮中筚路蓝缕、大放异彩，创造了民营经济的发展奇迹，也让“浙商”成为一个特色鲜明的商帮群体被载入史册。

社会主义市场经济中，有为政府与有效市场充分协作。浙江着力推动新时代民营经济实现新飞跃。

一辆整车中的上万个零部件，60%以上由零部件企业提供。在“制造之都”台州，做汽车零部件生产的企业有几千家，浙江银轮机械股份有限公司是业内龙头。

当年老国企经营困难、关停倒闭，徐小敏带领员工投入身家，扛起改革大旗。在中国汽车行业飞跃式发展期，他抓住机遇，让银轮成为中国汽车热交换器行业龙头企业。当同行徘徊在国际市场门口时，他主动拿掉“低成本”的挡箭牌，专注研发，向卡特彼勒、康明斯等一流企业发起冲锋。此后，浙江银轮接连收购兼并美国“百年老店”和德国技术企业，树立“百年银轮”目标。

徐小敏也成为全国优秀企业家、中国汽车产业庆祝改革开放40周年杰出人物，至今依然活跃在产业一线。

“疫情导致的市场困境前所未有，民企能挺过这一关吗？”

“确实有困难，依旧有信心。”

“信心来自哪里？”

“来自经历过的逆境，来自与全球同行业的比较。只要够专注，做好这份事业，不可能被疫情打垮。”

……

40多年来，他经历的大风大浪不少，对疫情也有自己的判断：从银轮接触面看，这几年经济形势不好，不确定性太多，进一步加速了市场的优胜劣汰。中小企业更容易丢失订单，抗风险能力更差，确实有一批倒下了，但这并不是恶性的。民营企业生命力很强，这个产品倒下了，马上做其他产品，或者做配套、外包，总归在这个行业有事情做。

疫情加速了行业分化，所谓的困难，更是区分企业价值的试金石。

银轮机械有8000多名员工，其中多数是车间技术工人。2016年以来，这家企业陆续打造智能装配车间、数字化样板工厂等智能设施。

推进“机器换人”的首要考虑，并不是降低用工成本，而是提高产品质量水平，不断巩固竞争力，拉开发展差距。

浙江民营企业家素来有“走遍千山万水、吃尽千辛万苦、说尽千言万语、想尽千方百计”的“四千”精神，正是依靠这种韧性，才有“关关难过关关过”的底气。

从北美多国，到比利时、法国、荷兰，再到柬埔寨，2022 年 11 月份以来，陈晓军带着公司高管马不停蹄连轴转，来回行程将近 4 万千米。

回国后，他立即组建团队，投入新赛道——用再生料制造零件可换可修、便于重复利用的绿色箱包。

全球疫情一度“速冻”了商旅出行，箱包市场受到直接冲击。虽然陈晓军创建的力高控股集团，已经是年产 3000 万只箱包的全球最大箱包制造商之一，但企业竞争的关键节点往往就在行业的低谷期，他必须使出“看家本领”全力以赴。

“顾客将饮料杯退还店家，就能换到 1 欧元。”挪威街边饮品店的这个细节，让陈晓军深受触动：绿色低碳没有仅停留在倡议、理念阶段，不少地方已经实打实在做了。

不仅欧洲，其他地区的一些国家也在有力推进包装物回收、减碳监测等工作，大量中小规模企业将绿色低碳列入了发展规划，这在以往并不多见。

时隔三年的这次海外之行，让陈晓军预感到，绿色低碳很快会成为发达国家市场的准入门槛。这种一线观察，也促使他快速反应。

更多的浙江企业家正加入这场绿色竞赛。未来，浙江在“绿色创新”领域，将不断推动低碳转型，形成良性发展趋势。

改革开放以来，经过 40 多年的发展，民营经济已经成为浙江发展的主力军、转型升级的排头兵、平稳发展的压舱石、创业创新的主战场。民营企业家是浙江最宝贵的资源财富。推动新时代民营经济新飞跃，是浙江推进共同富裕先行和省域现代化先行的题中应有之义。

根据浙江省国民经济和社会发展统计公报，2022 年，浙江民营经济增加值占全省 GDP 的比重为 67%；规模以上工业中民营企业数量突破 5 万家，占比 92.2%；民营企业的增加值突破 1.5 万亿，占比 70.3%；民间投资占固定资产投资总额的 56.4%，民营企业进出口增长 16.9%，占全省 78.3%；民营经济创造的税收占全省税收收入的 71.7%。

无论是从经济贡献度看，还是从推进“两个先行”的历史使命看，民营经济都是浙江发展的中坚力量和希望所在，这是浙江全省上下的共识。

从“雏鹰”到“鲲鹏”

杭州引才是浙江人才发展的一个缩影。2011 年至 2020 年，浙江各个设区市的人口都实现了净流入，充分展现了整个之江大地的活力、竞争力。

“21 世纪什么最贵？人才！”

一句经典台词，成为当下现实的写照。

2017 年春节刚过，中部城市武汉喊话“五年内留住百万大学生、请回百万武汉老校友”，提出打造“大学生最友好城市”。这也拉开了国内二三线城市“抢人大战”的序幕。

全国 50 多个城市相继加入竞争，想方设法以最优惠的条件招引大学生，以满满的诚意接纳年轻人。

短短两年时间里，全国“抢人大战”进入白热化阶段。

春江水暖鸭先知。早在 2016 年，深圳推出被外界认为在一线城市中最为宽松的落户政策，大幅度降低户籍门槛，招揽全国大学生。2017 年，率先起步的深圳迎来人才爆发，共引进人才逾 23 万人，同比增长 35.67%。其中，接收应届毕业生逾 10 万人，同比增长 25.03%。

过去 40 多年里，“孔雀东南飞”现象一直持续至今，从“打工仔”“外来妹”到“大学生”“IT 工程师”，深圳深谙“人才就是未来”的道理，在开放发展历程中吸引了一批又一批人才。

这轮城市发展的正面竞赛中，浙江杭州表现亮眼。作为近些年全国人才净流入率最高的城市之一，杭州在 2018 年加入“抢人大战”后，这一数据达到 9.88%，比此前高出 2.93 个百分点。

人口数量是衡量一座城市竞争力的重要指标，人口增量则是评价一座城市吸引力、活力的主要指标。

从杭州东站熙熙攘攘的人流中，可以窥见这座城市在成功举办 G20 杭州峰会之后，整体发展格局上了一个新台阶。

截至 2022 年末，杭州全市常住人口数为 1237.6 万人，相比 2021 年末，增长 17.2 万人，总量和增量在全省各设区市中均排名首位。智联招聘数据显示，2017—2021 年，杭州人才净流入占比分别为 1.0%、1.2%、1.4%、1.6% 和 1.6%，人才吸引力排名稳居全国前列。

走高质量发展道路，毫无疑问需要高素质人才队伍作为支撑。从这个角度看，杭州已经占得先机。

猎聘网统计数据显示，2022 年杭州跨城市人才来源前十大城市分别为上海、北京、南京、宁波、苏州、深圳、嘉兴、绍兴、武汉、广州，占杭州人才总流入量的 56.19%。

这一数据显示，涌入杭州的人才主要来自一线城市，表明杭州具备了从一线城市抢夺人才的实力；杭州在同类城市中，对人才的吸力大于推力。

那么多人来到杭州，选择在杭州长期工作和生活，他们都是什么样的人呢？他们为什么选择杭州？

2020 年第七次人口普查数据显示，杭州 15—59 岁之间的常住人口最多，有约 837 万人，占总人口的 70.12%。其中，20—39 岁的年轻人接近 500 万人，他们怀揣着梦想来杭州工作、学习、生活。

年轻人喜欢杭州，原因主要有三：一是发达的民营经济和众多的就业机会，特别是以电商、直播等为代表的产业发展迅速；二是优越的人文环境和良好的生态环境；三是在重点城市名列前茅的平均薪酬水平。

除了人口基数持续扩大，杭州在引进高层次人才方面也有了成熟机制。

根据杭州市高层次人才分类目录，杭州分别用A、B、C、D、E来指代国内外顶尖人才、国家级领军人才、省级领军人才、市级领军人才、高级人才。从资深工匠、技术能手，到国家最高科学技术奖获得者、两院院士，杭州对人才相应标准和待遇作出明确划分。

杭州市国土空间规划编制团队进行大量研究分析和比较，在考虑影响人口增长的各方面因素的基础上预测，2035年杭州的常住人口规模将在1500万人左右。

人力资源充沛，发展水到渠成。2022年，杭州有4家单项冠军示范企业和4个单项冠军产品上榜第七批制造业单项冠军企业（产品）名单。加上前六批，杭州累计入选企业（产品）达34家（个），位居全国第五。

杭州引才是浙江人才发展的一个缩影。2011年至2020年，浙江各个设区市的人口都实现了净流入，充分展现了整个之江大地的活力、竞争力。

发展是第一要务，人才是第一资源，创新是第一动力。浙江意识到，“高质量发展”是建设共同富裕示范区的重要前提，并对此提出深入实施科技创新和人才强省首位战略。

对标全球人才争夺，浙江高举高打，形成了以“雏鹰计划”“凤凰行动”“鲲鹏行动”等为标识的引才育才政策体系，加快聚拢全球英才。

2021年6月，斯隆研究奖获得者、“85后”青年顶尖科学家刘一峰，正式辞去耶鲁大学正教授职位，归国后全职加盟浙江大学。他是浙江大学数学高等研究院继励建书、阮勇斌、孙斌勇等3位中科院院士之后的第4位永久成员，也是最年轻的一位。

“鲲鹏行动”计划是浙江加速汇聚战略人才力量、打造重要人才高地的关键一招。通过推进该计划，浙江以超常规举措集聚一批能闯无人区、敢闯无人区、善闯无人区的顶尖人才。具体目标是用5年时间，面向世界引进 200 名左右处于科技变革和产业发展前沿、具有全球影响力的“灵魂人物”，其中 40 周岁左右的青年顶尖人才要达到总量的 30%。

中国式现代化是人与自然和谐共生的现代化。人与自然是生命共同体，无止境地向自然索取甚至破坏自然必然会遭到大自然的报复。我们坚持可持续发展，坚持节约优先、保护优先、自然恢复为主的方针，像保护眼睛一样保护自然和生态环境，坚定不移走生产发展、生活富裕、生态良好的文明发展道路，实现中华民族永续发展。

——习近平总书记在中国共产党第二十次全国代表大会上的报告

（2022 年 10 月）

钱江源国家森林公园（李益华 摄）

第四章

打造诗意栖居地

钱塘江江水曲折，宛若“之”字，古称“之江”也称“浙江”。这片改革开放的热土，也因“之”落笔成韵。

钱塘江中上游一段曰富春江，横贯桐庐、富阳，奇山异水，天下独绝。元代名士黄公望曾隐居于此。经考证，这里是其作《富春山居图》的原创地和实景地。

画作以水墨技法描绘了富春江一带的秋季景色，山势陂陀，林木深秀，笔墨纷披，苍茫简远，寄托着中国人对绿水青山、田园诗画生活的向往。

作为一幅旷世名作，《富春山居图》命运多舛。1650 年，这幅画因火焚而分成两段，前段为《剩山图》，后段世称《无用师卷》。

与这幅曾遭劫难的名画相似，高污染的造纸等行业让富春江一度蒙上了灰暗色调，“母亲河”经受了一段掠夺式的开发。

如今的富阳，传世名画正照进现实：守护青山绿水，实现产城跨越，逐梦乡村振兴，推进共同富裕……一座兼具田园风光和现代气派的幸福之城，成为现代版“富春山居图”的生动注解。

《富春山居图》实景地的绿色蝶变，是正在中国大地上推进的生态文明建设的缩影。铺陈在中国乡村大地上的现代版“富春山居图”，生态底蕴越来越厚重，层次色彩越来越丰富，乡愁韵味越来越甘醇，全体人民共建共享的美丽中国渐行渐近。

唤回绿水青山

一滴水可以映照太阳的光辉，一湾富春江十余载的变迁，也印证着美丽中国建设的铿锵脚步。

“天下佳山水，古今推富春。”富阳因江而名、因江而兴。千百年来，如画的富春江穿城而过。江两岸的滩涂沙洲、低丘缓坡、湖泊溪流，共同赋予了富阳独特的城市气质。

这里是久负盛名的造纸之乡，有1700多年的手工造纸历史，读书人谓之“京都状元富阳纸，十件元书考进士”。除传统手工造纸业发达，富阳还是全国白板纸基地。

纸，一直是富阳的经济产品、民生产品。“一张富阳纸，十万从业者。”在鼎盛时期，富阳有将近500家造纸厂，造纸产业税收曾占据当地财政收入的半壁江山，是名副其实的支柱产业。然而，造纸企业的空前发展，也带来了环境污染。当年，造纸产生的污水直接排进富春江，严重影响水质。

一位曾多年从事造纸业的企业家说，20世纪七八十年代开始，村村都办起了造纸厂。村民的腰包鼓了，但生活质量却大打折扣。曾住在大源溪边的村民们回忆，十几年前的大源溪溪水既黑又臭、鱼虾绝迹。一到夏天，沿水村庄更是恶臭弥漫，老人们不得不像候鸟一样迁徙到外地的子女家。

早年到富阳，看到的是烟囱林立、污水横流。高峰时期，富春江南岸造纸园区每天有800个“洋垃圾”集装箱进出，每天产生约2000吨废塑料、800吨造纸污泥、1000吨其他废渣。加上水泥建材行业无节制地挖山开矿，令人神往的“富春山居图”，一度满目疮痍。

工业化进程创造了前所未有的物质财富，也产生了难以弥补的生态创伤。当地老百姓从初赚钱时的开心，到环境受污染的不开心，怨声渐起，信访不断。

其实，又何止是富阳？彼时的中国，经济列车高速奔驰，重污染、高耗能、拼资源的项目大行其道。

2005年，浙江省明确了富阳造纸产业整治提升的重点：淘汰小规模造纸企业，要求规模以上企业提高污水回用率，削减废水排放量，提升排放标准，达到增产不增污、增产减污，甚至增产大幅减污的目的。

2005年至2016年，富阳投入123亿元，对传统造纸产业整治提升，按照“关停淘汰一批、整合入园一批、规范提升一批”的总体思路，着力打造全国循环经济示范基地。

富春山水天生丽质，只需稍加修饰、还以本色，就是美丽富阳。经过持续环境建设，富春江沿岸山水交融，生态环境与经济发展互促共进。

整治纸业、拔除烟囱、关掉矿山，推进杭州富春湾10平方千米生态湿地、阳陂湖生态湿地、银湖公园建设，城市“绿肺”润泽一方人。黄公望笔下的富春山水本来面目渐次展现。近年来，富阳区从精准实施传统产业转型升级，转为实现支柱产业整体“腾笼换鸟”。

如今，一江秀水逶迤，两岸群山叠翠，现代版“富春山居图”正在它的原创地以加速度实景呈现。

一滴水可以映照太阳的光辉，一湾富春江十余载的变迁，也印证着美丽中国建设的铿锵脚步。

从2002年底提出“以建设生态省为重要载体和突破口，加快建设‘绿色浙江’”，到2005年发轫于余村的“绿水青山就是金山银山”理念，再到党的十八大将生态文明建设纳入“五位一体”总体布局，我们逐渐廓清了人与自然的和谐相处之道。

扮靓美丽经济

随着绿水青山逐渐恢复，湖源乡开始寻找向“金山银山”转化的路径。经过干部、群众充分讨论，当地提出发展乡村旅游、打造亲水平台的创意。龙鳞坝由此建了起来。

画由人添色，人在画中游。近些年，围绕“百花百村·百村百味”主题，富阳开展“富春山居·味道山乡”活动，探索实施“家门口的健康游”“味道山乡游”“田园餐桌”“直播带货”“新劳动教育体验游”等新消费模式。

漫步富春江畔，穿过东吴文化公园、恩波公园，灿烂阳光下、婆娑树影间，闲适的脚步、舞动的身影、美妙的歌声，随处都能感受到人们安居乐业的富足和自信。

时光回溯。1932 年，郁达夫乘船回到富春江畔的故乡，在东梓关居留了一个月。同年，他发表了小说《东梓关》。

在郁达夫的笔下，这是一个恬静悠闲、安然自足的江边小镇。镇上住着远近闻名的老中医，岸边有轮船码头，池塘边的青石板小街上一度店铺林立，人们以早晚班轮船的汽笛声估算时间。镇侧有石崖，登临可见碧蓝的天，澄明的水，两岸的青山红树，以及隔江的山影。

如今的东梓关依然恬静，且多了不少意趣。和江滨的盎然绿意一起冒出来的，还有 40 多幢杭派民居。这里成为人们享受田园梦、感知慢生活的驿站。

点绿成金，离不开持之以恒的改革奋斗。

近年来，富阳大力发展城乡“美丽经济”，以全域景区化标准推进乡村环境大提升，实施乡村风貌大整治，推进乡村产值不断提高，生态环境质量日益优化，城乡居民满意度、获得感不断增加。

从 2005 年起，富阳大源溪开始了十多年的治理之路。据不完全统计，2005 年以来，仅大源、灵桥两镇就关停造纸企业 109 家，并开展沿线农村生活污水治理、“三违”企业整治等行动。

整治成果显而易见。如今的大源溪，上游河水清澈见底，水质基本在Ⅲ类级别以上，时见白鹭等鸟儿在河里觅食。春夏时节，不少市民赶来这里垂钓、游泳。

随着绿水青山逐渐恢复，湖源乡开始寻找向“金山银山”转化的路径。经过干部、群众充分讨论，当地提出发展乡村旅游、打造亲水平台的创意。龙鳞坝由此建了起来。

夏季，绿水青山间的龙鳞坝，成了市民追捧的清凉之所、带动群众致富增收的网红地。成千上万的游客给这里带来人气，也带来了生意。游客们纷纷甩掉鞋子，把脚探进溪流。远处民居白墙黛瓦，两侧青山环绕，抬眼看长桥卧波，低头是清澈的壶源溪水。

近年来，富阳立足地方特色，将《富春山居图》蕴含的生产、生活、生态“三生”融合的意境融入美丽乡村建设，催生了“中国最美回迁房”东梓关、“网红打卡地”龙鳞坝等现象级文化产品；融入新型城镇化建设，富有田园诗意的“百里富春山居图”“五十里春江花月夜”初具规模；融入社会治理现代化，“富春风尚汇”、新劳动教育、“人生一件事”改革、医学检查检验结果互认共享改革等呈现良好效果。

“绿水青山就是金山银山。”在绿色发展理念指引下，2003 年以来，浙江深入开展“千村示范、万村整治”工程、小城镇环境综合整治、美丽城镇建设、美丽乡村建设等行动，为乡村振兴打下基础。不少地方通过把人人称羡的“颜值”，转化为实打实的“产值”，有效提升了老百姓的参与度和获得感，探索出全面推进乡村振兴的创新实践。

追求和谐美好

传世名画照进现实，作为重要原创地和实景地，富阳近年来城乡发展并举，"全域大花园"轮廓渐显，一幅现代版"富春山居图"诗意舒卷。

春风十里不如她，人称"公望女管家"——来自富阳区东洲街道黄公望村的妇女朱梅娟，经营一家民宿，是"公望女管家"（民宿从业者联盟）负责人。

2012 年，在政府支持下，朱梅娟开办了民宿。民宿的回头客很多，都说喜欢黄公望村的山水环境，喜欢女主人的热情好客，更爱上她做的红烧肉，说是尝到了家的味道。

来自上海市杨浦区的潘阿婆，被朱梅娟认作了"干妈"。9 年前，潘阿婆来这里游玩，被这里的环境吸引。几天后，便在这里住了下来，一住就是七八年。

像这样的"干妈""干爸"，朱梅娟认了二十来个。"很开心能得到他们的信任，我会继续像对待自己父母一样对待他们。"朱梅娟与志同道合的姐妹发起成立"公望女管家"，制订了会员守则，在提高民宿服务能力的同时，让"公望隐居地"成为更多人的"心灵栖息地"。

溪流潺潺，鸟语花香，果树林立，大大小小的农家别院并立……步入东洲街道黄公望村，就像走入了一幅山水人家的水墨画。600 多年前，黄公望正是在此结庐隐居，挥毫泼墨，创作了《富春山居图》这幅千古名画。

寄情公望隐居地、启动"公望富春两岸文化周"、打造"金秋火柿节"、开展民俗文化活动……多年来，黄公望村不断将深厚的文化底蕴转化为经济发展优势，文旅融合迎来大发展。

打造现代版“富春山居图”，从经济角度衡量，要生活富裕；从环境角度衡量，要生态宜居；从文化尺度衡量，要有乡愁韵味；从社会发展尺度衡量，要和谐美好。

《富春山居图》定格了世人心中的富春山水。传世名画照进现实，作为重要原创地和实景地，富阳近年来城乡发展并举，“全域大花园”轮廓渐显，一幅现代版“富春山居图”诗意舒卷。

从阳陂湖到龙门古镇，自然景观和人文景观交融并重；从造纸业到富春湾新城，传统产业和现代产业交棒接力；从乡野农村到杭黄未来社区，自然生态与科技生态交相辉映……“山水相依、产城融合，现代气派、田园风光”，人们在这里再次遇见诗和远方。

最是文化能致远。富春山水先后孕育了三国东吴大帝孙权、晚唐诗人罗隐、清代父子名臣董邦达和董诰、现代著名作家郁达夫、当代茅盾文学奖获得者麦家等一大批名人雅士。

古镇，是历史留下的宝贵遗产。作为杭州全市唯一的“中国历史文化名镇”，富阳区龙门古镇是孙权后裔的最大聚居地，积淀了独具魅力的孙昊文化、三国文化、宗族文化等，是中国传统村落文化的地域缩影。

“开轩面场圃，把酒话桑麻。”龙门之古，浓缩在历史建筑中。白墙黑瓦、书院牌坊，寺庙祠堂、高墙环列，马头翘角、河畔桥廊，处处是历史，步步有文化。

活态古镇，承载着无数人的乡愁。龙门古镇，既是设施完善的景区，也是有着浓厚生活气息的古村落。7000多位“老龙门”在此延续着传统的生活方式。

富阳正成为一处“望得见山，看得见水，记得住乡愁”的味道山乡。

"浙"里万类竞自由

生物多样性究竟是什么？与人类有何关联？保护的意义在哪里？受哪些因素影响？越来越多的人开始关注这些问题。

黄腹角雉在民间有"呆鸡"的说法：爪不尖、喙不利、翅不善飞，遇见险情不会躲，只是把头埋进草丛，不顾身子暴露。

这是我国独有珍禽，因雄雉腹部淡黄、头上有两支在求偶时会竖起的淡蓝色肉质角而得名。憨憨的黄腹角雉，在自然环境中生存极其艰难，大小肉食动物都能捕食它们。

浙江乌岩岭国家级自然保护区管理中心负责人介绍，20 世纪 80 年代以前，黄腹角雉被认为已灭绝。后来，才被国内专家在浙江省温州市泰顺县的乌岩岭再次发现。

几代人对物种、水源的接力保护，让乌岩岭越来越热闹：黄腹角雉从 40 多只增加到数百只，"蝶中皇后"金斑喙凤蝶、白颈长尾雉、云豹等国家一级保护动物都在此栖居。

从群山之间到水底深处，从飞禽猛兽到花草树木，从肉眼可见到显微镜下，万物生灵与人类同居在地球上。

地处浙南山区的泰顺县,有"生物基因库"和"绿色生态博物馆"之称，是浙江省生物多样性最丰富的县之一。

近几年，泰顺境内不断发现新物种：除了植物新种浙南木樨、泰顺皿果草、浙闽龙头草，极度濒危物种中华穿山甲也现身乌岩岭保护区，国家一级重点保护野生动物小灵猫的踪迹也被首次发现……

泰顺到底有多少野生动植物？2020年7月起，泰顺县在乌岩岭保护区开启三年综合科学考察，与生态环境部南京环境科学研究所合作，在浙江省率先开展全域生物多样性系统调查。

从学术上说，生物多样性是生物（动物、植物、微生物）与环境形成的生态复合体，以及与此相关的各种生态过程的总和，包括生态系统、物种和基因三个层次。

无论是细菌、蠕虫、螨、蜥蜴，还是小型哺乳动物，各种物种都在维持生态系统的平衡中扮演相应角色，有着净化空气、调节气候、控制疾病等效用，难以被其他物种所替代。

在业内人士看来，生物多样性是人与自然和谐共生的标志，是生态环境保护“皇冠上的明珠”。

一个看似与人类关系不大的物种，为什么要去保护？杭州临安天目山国家级自然保护区管理局专家对此表示，从生物多样性来讲，一个物种的灭亡可能会导致生物链条上其他物种的大量灭亡。

这无疑与人类地球家园关系深远。可以这样理解：如果没有生物多样性，也将没有人类。

依照进化论“适者生存”理论，不适应环境的生物就应该被淘汰。为何浙江还要刻意保护濒危生物？

关键的问题是，在人类活动影响下，当今物种的灭绝速度远远超出了自然灭绝的速度。据测算，人类活动引起的物种灭绝，是自然灭绝速度的100—1000倍。

对生物多样性保护的关注程度持续提升，表明生态文明建设正在步入更高级的阶段。浙江物种丰富，全省陆生野生脊椎动物分布有790种，约占全国总数的27%；高等植物有6100余种，约占全国总数的17%，在我国东南植物区系中占有重要地位。

2021年2月，《国家重点保护野生动物名录》调整，浙江分布的国家重点保护野生动物达192种，国家一级重点保护野生动物增加到54种，国家二级重点保护野生动物增加到138种。

这些年，浙江走出了一条在人口稠密、经济发达地区，保护生物多样性、实践“绿水青山就是金山银山”理念的新路子，生态优势正源源不断转化为经济社会发展优势，公众的获得感、幸福感不断增强。

浙江以制度为保障，多措并举推进生物多样性保护，打造生物繁衍生息的乐园。

2021年10月，浙江省出台《浙江省八大水系和近岸海域生态修复与生物多样性保护行动方案（2021—2025年）》，将保障八大水系水生态健康作为“十四五”生态文明建设的重点任务部署推进，要求健全生态修复和保护机制，把生态保护修复和生物多样性保护作为浙江生态文明先行示范的标志性成果。

在杭州市临安区清凉峰国家级自然保护区千顷塘保护站，巡护员章叔岩自20世纪80年代第一次邂逅华南梅花鹿后，就做起了监测与保护工作，开始用影像记录野生动物的生活习性。

他将数十年来拍摄到的野生动物影像制作成视频作品，通过互联网进行科普。越来越多的网友受其影响，参与到物种保护的自发宣传中。

“鹰击长空，鱼翔浅底，万类霜天竞自由。”如诗词所言，让一切生物都能在阳光下自由地生长生活，离不开每一个人的努力。

在浙江，加强生物多样性保护，除了以制度干预，更长远有效的途径是引导所有人参与其中。

丽水市庆元县的坑里生物多样性体验馆坐落在乡村，距离县城15分钟车程。该馆的设计者说，山区生物多样性丰富，但缺乏学习生物多样性知识的场所。把体验地建在小山村里，能够为山区青少年和儿童提供优质的公共文化服务。

宁波市海曙区龙观乡是全国首个“生物多样性友好乡镇”，当地鼓励村民主动担当“代言人”“守护者”，为生物多样性保护发声；引导青少年参与其中，让保护生物多样性的理念在他们心中生根发芽。

2021 年底，生态环境部宣传教育中心与海曙区人民政府签订战略合作框架协议，以龙观乡为试点开展全国首个“生物多样性友好乡镇”项目建设，至今已有 5 万余人次参与，项目获评“2022 年全国十佳公众参与案例”。

中国式现代化是物质文明和精神文明相协调的现代化。物质富足、精神富有是社会主义现代化的根本要求。物质贫困不是社会主义，精神贫乏也不是社会主义。我们不断厚植现代化的物质基础，不断夯实人民幸福生活的物质条件，同时大力发展社会主义先进文化，加强理想信念教育，传承中华文明，促进物的全面丰富和人的全面发展。

——习近平总书记在中国共产党第二十次全国代表大会上的报告

（2022 年 10 月）

印象西湖演出（胡堃 摄）

第五章

富了口袋富脑袋

左手烟火，右手诗意

走在紫阳街上，青石板路修旧如旧，砖头墙、木椽子、泥瓦片与周边的热闹景象相得益彰，书卷气与烟火味自然交融。

兴善门下，紫阳街前，一派热闹景象。

永利木杆秤店内，60多岁的店主蔡雪贞拿着一把小锤，在老旧斑驳的木板桌上敲敲打打，现场制作木杆秤。

她是门店第五代传人，守在紫阳街，是要把有160多年历史的门店和家传制秤手艺传承下去。

这条街上，像她这样的手艺人不在少数。剪纸铺、小吃店、草编摊，慢悠悠地开着，各有各的故事。

始建于三国时期的临海紫阳街，全长超过1千米，是台州府城的中轴线。说起台州，人们常说“千年台州府，满街文化人”，其历史人文气息可见一斑。

走在紫阳街上，青石板路修旧如旧，砖头墙、木椽子、泥瓦片与周边的热闹景象相得益彰，书卷气与烟火味自然交融。

古街拥抱新潮。紫阳街老店之间，有一家咖啡店引入台州府城传统小吃元素，推出蛋清羊尾拿铁、草糊咖啡、白水洋豆腐拿铁等创意咖啡，受到消费者热捧。

“创新并不是把旧的东西扔掉，而是新旧融合，并且放大各自特点，让更多人接受。”这家咖啡品牌创始人杨林跃说。创意咖啡的营业额占到店里总营业额的60%，节假日高峰期间，最多一天可卖到2000杯，远超街对面的国际知名连锁咖啡品牌。

在临海人心中的共同富裕画卷里，一定有当地文化生机勃勃的样子。

蜿蜒5000多米的台州府城墙有“江南长城”之称，最早可追溯至东晋时期，距今已有1600多年历史。

从揽胜门拾级而上，沿北固山山脊逶迤至烟霞阁，直抵灵江东岸，延伸至巾山西麓，可见“江南长城”依山而筑，俯视大江，雄伟秀丽。

不过度进行人为干预，是对文物最好的保护。对临海城墙文化遗产价值的判断也需要体现时代性，允许它自然留下时代印记。

从草编、剪纸，到羊岩勾青茶、木杆秤制作技艺；从黄沙狮子、临海词调，到戚家军巡城文艺演出……千年台州府城临海的各种历史遗存不是躺在博物馆里的陈年旧物，而是古今融合、“活”在当下的代代传承。

2004年9月起，临海市政府持续对紫阳街区进行保护性修缮。过程中，老街始终没有兴建高楼大厦，仅少部分居民外迁。在临海，包括紫阳街在内的台州府城仍生活着2.8万名“老居民”。

古城新生如画，画中人更当是体面从容的。

在“迁”与“留”之间，临海选择把居民留下，并提出“主客共享、旅居相宜”理念，实现景城融合，打造“活着的景区”。

推窗见绿，出门入园

“寸土寸金”的城市空间，每一个犄角旮旯都是“潜力股”，用起来，用得好，就可以成为“金角银边”，给老百姓带来切切实实的幸福和快乐。

2022 年 6 月，杭州发起一项“寻找杭州金角银边”行动，请市民寻找周边的空余场地，见缝插针地嵌入体育设施、建造运动场所等。

这项活动产生了超过预期的传播热度，尤其是不少家长有话说。

“暑假这么长时间，不能让娃整天窝在家里玩游戏、看电视，应该多去亲近自然，多锻炼。”一位市民发帖说，锻炼运动最好就在家附近，“能有两张乒乓球桌就行。”

另一位家长表示，教育“双减”之后，孩子们可以从繁忙的学习中解脱出来，到户外和运动场馆去，家长非常欢迎。但家附近的运动场馆太少、太小了，并且很多是营利性的，价格不菲。

帖子引起了不少家长的共鸣：路边、河边都是空地，空着也是空着，不如改造利用一下，成为孩子们的运动天地。

有跟帖者说，运动场地最好就建在家门口，而不是大老远跑到景区才能看到。闲置的边角空地，都可以变废为宝！

话题渐热，上班族也加入讨论。

“90 后”小黄在杭州市中心一家事业单位上班，租住在单位旁边的老小区。他发现，附近小区的休闲运动场所，器材基本是蹬力器、太空漫步机、扭腰器……

“在公共场地规划建设过程中，应该广泛征求附近居民的意见，问问大家最希望建成什么样的运动场地，要配套哪些运动器材。”他发帖说，杭州应该好好发掘可利用的闲置空地，天桥下、河道边、屋顶上……为市民打造更多的健身场所。

“如果建不了标准足球场，那就建半场，或者 7 人制、5 人制甚至 3 人制足球场；不能做羽毛球场、网球场，那就做乒乓球场或者适合小朋友玩耍的场地……”

“杭州这么大，边边角角挤挤总是有的，最重要的是要能发现它们……”

市民在网上你一言我一语，群众需求越发清晰。

小区门口、建筑工地周围、高架桥下、地铁出入口……这些城市“死角”经常出现无单位认领、养护的情况，久而久之，就变得光秃秃的，缺乏生气。

“寸土寸金”的城市空间，每一个犄角旮旯都是“潜力股”，用起来，用得好，就可以成为“金角银边”，给老百姓带来切切实实的幸福和快乐。

2016 年以来，杭州人口流入量逐年增加，且以年轻人为主。近几年，杭州已经成为全国人口净流入最多的城市之一。

人口增长，公共体育设施建设急需补短板、调结构。彼时，居民最常用的 7 种球类场地设施数只占设施总数的 47%，低于浙江全省平均水平，急需在居民区附近“打补丁”。

精神文明是共同富裕的重要内涵，体育则是群众性精神文明创建活动中不可或缺的一块拼图。

2022 年，《杭州市嵌入式体育场地设施建设三年行动计划（2022—2024 年）》印发，意图盘活城市的“边角空地”，见缝插针地建设可供全年龄段人群运动健身的公共体育设施。

目标是到 2024 年，人均体育场地面积超过 2.7 平方米，形成“10 分钟健身圈”，主要瞄准“三大球”（足球、篮球、排球）、“三小球”（乒乓球、羽毛球、网球）和门球这 7 种体育类目。

新增的公共体育设施要“嵌进”哪里？答案是社区、公园绿地、滨水绿道等。但这些区域的可利用空间往往形状不规则，如何用好“边角空地”？

让“边角空地”变成“金角银边”，找对地点是关键。场地跟着规划走，场所跟着群众走，场景跟着需求走，唤醒沉睡的“碎片化”空间。

破解空间“碎片化”与投建“整体化”的矛盾，着力激活联建“朋友圈”资源。

望江街道是杭港高端服务业示范区和始版桥未来社区建设中心，辖区共有 53 个住宅小区，其中老旧小区有 26 个，基础设施和配套服务薄弱。

2022 年，望江街道先后整合区城投、近江集团等党建联建成员单位 3000 余平方米的场地资源，将嵌入式体育场地建设融入项目建设，实现规划前置、打造同步、运营一体。

当城市空间“动”起来，怎样确保嵌入式体育场地“建得成、用得上、长受益”？可能的答案是，针对不同场地和人群特点，区分免费型和普惠型两大类别，因地制宜精准确立网格员管理、第三方运营、智慧化赋能、物业代管等多种运营机制，鼓励多方力量参与体育场地设施运营维护。

一半是杂草丛生的废弃荒地，一半是厂房拆迁后的水泥硬地，这样一片城市闲置地块，在不到一年的时间里，变成了一座体育公园。

在望江街道，曾经“人人绕着走”的荒地，变成了老少咸宜的运动乐园。

2023 年 2 月，杭州市体育局、杭州市发展和改革委员会联合公布了杭州市嵌入式体育场地设施标志性成果的名单，涵盖了公园绿地、滨水绿道、桥下空间、建筑屋顶、会展园区和社区（村）闲置地等多种城市“金角银边”类型空间。

嵌入式体育场地设施建设正是以“变废为宝”“见缝插针”的建设理念，加强土地集约利用，增加体育场地设施供给，创新性地破解了“群众运动去哪儿”难题。

推窗见绿，出门入园，转角遇见美。

用“绣花功夫”装扮城市微空间，不仅是改善体育条件，也是高密度居住环境下提升城市精神文化风貌的精巧举措。

杭州市西溪街道花园亭社区启真名苑小区，居住人员大多是浙江大学退休教师。2022 年初冬，住户惊喜地发现，在小区的转角竟然遇见了“春天”，让人心生愉悦。

这片“春天”就是小区更新的绿化，看上去生机勃勃。社区和物业清理出小区的边角地、废弃地和闲置地，种上了不同色彩、不同形态、品种各异的植物，营造“四季如春”的景致。

身有所栖，心有所寄

推动共同富裕，不仅要农村产业旺、收入高，也要农民生活品质相应提升，文化礼堂就成了实实在在的建设载体。

时隔几十年，村里又放起了电影。

宏阔的严寒场景，激烈的战斗镜头，跌宕的故事情节……绍兴市越城区马山街道尚巷村文化礼堂内，大屏幕播放的电影《长津湖之水门桥》，吸引了近百名村民观看。

“上一次和这么多邻居一起看电影，还是在30多年前呢！”文化礼堂里放电影，为尚巷村村民陈兰娟的生活增添了一抹亮色。

她平时就喜欢看战争片，现在和邻居们在手机上搜索片源、点单放映，不出村就能坐在宽敞的空调间里看大片，比在电影院里还惬意。

为什么更喜欢在文化礼堂看电影？

村里老年人能说出一大堆原因：相比看电视、看手机，投影大屏幕对眼睛、颈椎都更健康；文化礼堂还是老年人喜欢的社交场合，和邻居们拉拉家常，心情更愉快，在城里的子女也更放心。

不仅老年人，学生也在文化礼堂里坐得住。

绍兴市柯桥区马鞍街道山外村文化礼堂为留守儿童开设了“小候鸟夏令营”，丰富多彩的活动让孩子在兴趣培养中有所收获，为不少外来务工人员解决了暑假期间孩子的托管问题。

推动共同富裕，不仅要农村产业旺、收入高，也要农民生活品质相应提升，文化礼堂就成了实实在在的建设载体。

在绍兴市柯桥区齐贤街道齐贤村文化礼堂内，多位越剧名家、浙江绍剧艺术研究院演员，以及绍兴本地知名的莲花落、小品演员多次“送戏下乡”。

绍兴本地传统曲艺文化，在文化礼堂凸显生命力。

齐贤村文化礼堂管理员徐幸详是一位莲花落演员。他说，村里自 2013 年起，每周末都有剧场活动，很受村民欢迎，除新冠疫情期间，从无间断。为了让村民更好地使用文化礼堂，村里乡贤带头捐款共计 30 万元，成立文化礼堂公益基金，用于文化礼堂的维护和发展。

浙江省 2013 年开启农村文化礼堂建设，至 2022 年底，全省农村文化礼堂建成数量 2 万多家，在 500 人以上建制村中覆盖率已达 100%。

农村文化礼堂建设不单纯是一次性的物理建设，而是一个持续性的文化浸润过程。

在探路共同富裕的进程中，浙江农村文化载体建设不断完善。

一座乡村图书馆会是什么模样？义乌市义亭镇缸窑村的图书馆，有红瓦装饰的外墙，兼具艺术性与现代感。穿过门口一排高高的树，走进去便是一个开阔空间，足有 800 平方米，一排排书籍整齐摆放，有 2 万册之多。

村民在家门口就能看书借书，在如今的浙江，早已越来越普遍。

义乌市逐步织就一张覆盖市图书馆、镇（街道）文化站图书室、社区图书室、农村文化礼堂农家书屋和“悦读吧”自助图书馆、“爱阅亭”智慧书屋、“爱阅亭”百姓书架的城镇公共阅读网络,实现了市域范围内的“通借通还”。

婺剧是金华人精神文化生活的重要组成部分，也是最具金华辨识度的文化印记。近些年，金华婺剧频频登上重量级舞台，浙江婺剧艺术研究院也成为全国唯一全面参与国家级最高规格演出的地方戏曲院团。

懂行的人说，浙江婺剧艺术研究院成功的秘诀，在于“扎根基层，把戏演到人民中去”。

院里有一支“文艺轻骑兵”，每年下乡演出上百场，是名副其实的“三农”艺术团。同时，艺术团还常年推出惠民演出活动，丰富基层群众精神文化生活。

书香沁人心。走进建德市新安江街道新蓬村文化礼堂，浓浓的文化气息、和谐的邻里之情扑面而来，名家经典、随笔散文等图书都整齐划一地排列架上。

“在这里读书很有氛围感，我一有空就来。那个角落就是我常坐的地方。”市民张先生说。因为方便，在这里，阅读正成为一种新的生活方式。

一张日臻完善、覆盖了由省至村五级现代公共文化服务体系的网络在浙江铺陈展开。

要自觉主动解决地区差距、城乡差距、收入差距等问题，坚持在发展中保障和改善民生，统筹做好就业、收入分配、教育、社保、医疗、住房、养老、扶幼等各方面工作，更加注重向农村、基层、欠发达地区倾斜，向困难群众倾斜，促进社会公平正义，让发展成果更多更公平惠及全体人民。

——习近平总书记在主持中央政治局第二十七次集体学习时指出

（2021 年 1 月）

杭州湾跨海大桥（凌齐亮 摄）

第六章 缩小差距促均衡

城与乡各美其美

当医疗和教育方面的鸿沟逐渐被填平，城市与乡村的界限也会逐渐模糊，从“高下立判”变成“各美其美”。

我国全面建设社会主义现代化国家，最艰巨、最繁重的任务仍然在农村。浙江农村发展走在全国前列，农村生态、产业、文化、治理等互促共进，逐渐形成良性循环，农民年人均可支配收入也已经连续38年领跑全国省（区）。

对标高质量发展建设共同富裕示范区，浙江乡村不仅要带头振兴，更要形成一条可示范的缩小城乡发展差距的成熟路径。

从农村数十年来的发展实践，以及推进共同富裕的决策部署看，浙江主要着力拓宽两条路径。

第一条是做“乘法”，密切城乡联系、形成互动发展，通过市场的作用平抑差距，平衡城乡发展进度。

从“泥土”中生长起来的浙江民营经济，天然就有乡村基因。它带动乡村工业化，让大量的人力资源从生产率比较低的行业（比如农业）转移到生产率更高的产业（比如现代制造业）。

浙江多山区，但当地盛行的创业风气让本处劣势的农村地区多选择推进本地的工业化，不少发达的制造业企业在乡村地区扎根，城乡之间的差距相对于全国来说比较小。

从农村改革起步，1979—1991年，浙江步入农村工业化阶段；1992—

2001年，步入全面工业化阶段；2002—2008年，推进新型工业化；如今，打造先进制造业基地。这一过程中，浙江城乡经济联系从未中断。

农村有产业，农民收入才可能多样化：一是能享受土地流转租金，二是在家门口上班能拿到薪水，三是作为集体经济参股入股的股东可以有股权分红。三笔钱加起来，农民在农村也能稳定增收。

今天，浙江农村加快发展最具辨识度的农旅融合，也是城乡联动、三次产业相得益彰的发展模式。

近些年，浙江不少大学生选择返乡创业，变身“农创客”。一些慕名到乡村养老的外地人数量甚至超过本村人。

“养猪养羊不如‘养’城里人”——浙江一些山村百姓的玩笑话，反映了当地“三农”加快发展的新模式：人气高了、财气旺了、朝气涨了。

第二条是做“加法”，通过机制建设、资源倾斜等方式，引导先富带动后富。

乡村振兴进程中，浙江冒出了很多创新创业的典型，比如淳安的下姜村、奉化的滕头村、安吉的余村村，以及一大批有产业基础的富裕乡村。在政府的引导下，每个“明星村”、富裕村都开始带动周边抱团发展。

在资源分配上，政府加大力度持续改善农村发展条件，弥补先天不足。

部署实施三年行动，消灭村集体经济年收入10万元以下薄弱村。浙江省又以农村集体经济为核心，推进强村富民乡村集成改革，全面促进乡村发展，提升服务水平。

说到城乡之变，浙江老百姓最直观的感受不是GDP数字的变化，而是城乡之间交通便利程度、教育水平、医疗条件等差距的缩小。

浙江是怎么做的呢？通过交通的成网成线到达末端，努力实现县县通高速、乡镇15分钟上高速、村村通公交，不让交通成为城乡之间的障碍。

城乡医疗保障水平差距问题，浙江用城市医共体和县域医联体来解决：大医院和小医院结对，大医院的专家要到农村去看病，农村的医院要连接大医院线上诊疗，双方医生共同看片，确定药方，确定治疗方案。

湖州近 340 万人口中，约有 37.45 万人是高血压、糖尿病患者。为了便于患者检测、配药，湖州为有关群体全部建立档案，提供城乡一体化管理服务，使身处最偏远山区的患者也能跟城里的患者一样享受同等保障。

当医疗和教育方面的鸿沟逐渐被填平，城市与乡村的界限也会逐渐模糊，从“高下立判”变成“各美其美”。

湖州就是这样的一个典型，无论是吴兴、南浔等城区，还是安吉、德清、长兴等郊县，各有风采，各自热闹。这里的村里人看城里人，已经从曾经的仰视变成温和的平视，共同富裕的大概场景可以在此窥见。

以机制建设为保障，持续为农村做加法，浙江省探索实施“先富带后富”的“三同步”行动：统筹推进绿色发展重点县同步基本实现现代化，乡村振兴重点帮促村同步基本实现现代化，低收入农户同步基本实现现代化，构建“县、村、户一体化”帮扶机制。

在支撑上，浙江打造“新型帮共体”，在保持现行帮促机制稳定的前提下，推进帮促工作由部门结对帮促为主，转向社会广泛参与的开放式、开发式帮促，全面动员省级机关、省内院校、三甲医院、国有企业（含央企驻浙企业）、金融机构、经济强市（县）、民营企业等主体参与帮扶工作，丰富福彩公益金资助、公益创投等形式，构建更高层次、更宽领域的“专项帮扶＋社会帮扶＋行业帮扶”大帮扶格局。

浙江民营经济发达，各地率先富裕起来的农民企业家多，其中不少人回馈乡村的热情高涨，这也是一股“先富帮后富”的重要力量。

着力“扩中”“提低”

缩小收入差距，则是触及社会发展形态根本、牵一发而动全身的艰巨任务。要改变长期以来形成的收入分配结构和资源叠加效应，从哪个着力点切入，考验决策水平。

共同富裕建设的核心难题和重点是缩小区域差距、城乡差距和收入差距。其中，区域差距、城乡差距更加清晰、直接，能通过转移支付、资源倾斜、先富帮后富等方式有效缩减。

缩小收入差距，则是触及社会发展形态根本、牵一发而动全身的艰巨任务。要改变长期以来形成的收入分配结构和资源叠加效应，从哪个着力点切入，考验决策水平。

要实现共同富裕，不但要持续做大、做好“蛋糕”，而且要分好“蛋糕”。坚持基本收入分配制度，正确处理效率和公平的关系，构建初次分配、再分配、三次分配协调配套的基础性制度，是通过中国式现代化道路走向共同富裕的重要手段。

找准切入点，需要反向抽丝剥茧，找出放大收入差距的源头。对浙江而言，客观认识收入差距，必须了解改革开放以来的民营经济发展史。

浙江省绍兴市柯桥区是一座“托在布上”的“国际纺都”。这里常住人口达 110 万人，市场主体超 15 万家，绝大多数与纺织业有关联，纺织品贸易覆盖 190 多个国家和地区。

2022 年度，柯桥区农民人均可支配收入在浙江 90 个县（市、区）中排名首位;城乡居民收入比降到 1.60∶1,是浙江发展最协调、均衡的县(市、区)之一。

20 世纪 80 年代，改革开放大潮奔涌。绍兴县（今柯桥区）办起了轻纺市场，“弄潮儿”用脚步拓展销路，产品销往全国各地。

浙江省印染行业协会会长、绍兴海通印染有限公司董事长李传海，已经在业内摸爬滚打了将近 40 年，在市场一线见证了浙江民营经济崛起、居民收入逐渐领跑全国各省（区）的过程。

改革开放之初，柯桥人肩挑手提，把柯桥的布送进了千家万户。“走遍千山万水、吃尽千辛万苦、说尽千言万语、想尽千方百计”，柯桥人靠着“四千”精神，成为浙商群体干事创业的一支劲旅。

1987 年，绍兴县办起轻纺市场之初，产品都是以内销为主。随着市场不断壮大，销量也逐年增长。在亚洲金融危机后，国内购买力急剧下降，产品开始滞销。当时，政府引导企业要国内、国外两个市场一起抓，两个轮子一起转，努力开拓国际市场。

1995 年成立的浙江永通染织集团有限公司是绍兴县第一家有自营进出口权的乡镇企业。当时，李传海是总经理。1998 年，这家企业成立了 18 个外贸部，向全国招揽几百名人才，把柯桥的产品推销到国外去。

当时，作为全县最大的印染外贸企业，永通集团连续 10 年在印染行业做到外贸销售额全国第一，带动了整个柯桥的外贸发展。这是柯桥纺织外贸的起步阶段。

21 世纪初，我国加入世界贸易组织后，柯桥外贸市场逐步从非洲拓展到美国、欧洲。2002 年，因为印染染料未达到美国环保标准，公司一笔 100 万美元的货款收不回来，钱打了水漂。

这个惨痛教训给印染企业敲了警钟，倒逼其更新设备、注重环保、遵循国际标准。2009 年，印染产业集聚提升前，绍兴县的外贸以出口中东的涤棉布和出口中亚及非洲的人造棉印花布为主；集聚提升后，政府鼓励企业提高产品附加值，企业积极引进了中国台湾地区的磨毛机，还有国外先进设备，包括日本的东伸平网印花机，韩国的日星、理和定型机，美国的预缩机，德国的气液染色机缸等。

迭代升级后的高端产品成了拓展美国和欧洲市场的敲门砖，柯桥外贸走上了从“量的增长”到“质的提升”的道路。

2018年,首届世界布商大会搭准“一带一路”时代脉搏,柯桥发布“丝路柯桥·布满全球”行动计划，并鼓励企业与全球纺织产业链融合联动，加快接轨国际市场，参与国际竞争与合作。

柯桥企业兵分两路。一路“向南”：在缅甸、菲律宾等“一带一路”沿线国家举办自办展，在缅甸、印度尼西亚等国成立中国轻纺城商会，加强彼此间的产业合作；另一路“向西”：面向欧美高端市场，在美国、意大利等知名展会中设立“绍兴柯桥馆”。

这些年，柯桥的布商纷纷“走出去”，参加在美国、法国、意大利等国举办的展会，通过考察、学习和交流，极大地拓宽了视野，也更有信心把“一块布”的生意做得长久，带动更多人经商致富。

浙江高质量发展建设共同富裕示范区，着力缩小收入差距，需要在发展取向、制度设计上，首先不损伤市场经济运行效率，同时给予低收入群体更多的创富机会和舞台。

根据统计，2013—2020年，浙江人均GDP年均增长5.3%，居民人均可支配收入年均实际增长6.3%。其中，城镇、农村居民人均可支配收入年均分别实际增长5.8%和6.8%。

其间，浙江城乡居民收入比连续10年缩小，至2022年降至1.90：1。透过居民收入比的变化脉络，可见时代洪流对于个体发展际遇的作用力。

在做大“蛋糕”的基础上把“蛋糕”分好。具体到低收入群体，从收入结构看，是要分类提高工资性收入、经营性收入、财产性收入占比。

民宿经济崛起，让农村生态、文化在大市场中兑现了更高附加值。这背后，则有坚定走绿色发展道路、实施乡村振兴战略的“有形之手”。

以改革为关键词,《浙江高质量发展建设共同富裕示范区实施方案（2021—2025 年）》提出要初步构建“1 ＋ 5 ＋ N”重大改革体系,其中的“1”是“扩中”“提低”，优化收入分配结构。一个清晰的操作导向是，增加低收入人群收入。

当前我国中等收入人群规模约为 4 亿人,占总人口比重只有 30% 左右,还有较大的增长空间。

这增长空间尤其来源于低收入群体：绝大部分居住在农村的农民，大部分进城务工的农民，一部分从事简单劳动的城市居民或市民。

就收入分配看，这些群体往往具备三个特点：一是直接收入或基本工资收入较低，农村居民的综合收入也较低；二是收入形式单一，几乎没有多元形式的收入；三是有限的收入往往由于各种原因，遭到拖欠和克扣，并不一定都能拿到手。

因此，“提低”的核心是以农村居民为主体，集中提升上述三类人群的收入。同时，提供更完备的基本公共服务，配套解决相关问题。

根据实际情况，浙江梳理出新型农业经营主体、乡村新业态从业人员、农村蓝领工匠、职业技能农民、进城农民工和低收入农户等“扩中”“提低”的重点群体，采取针对性措施提升其增收能力，从根本上缩小收入差距。

区域协作“双向奔赴”

针对区域发展差距，浙江实施山海协作工程，让发达县与山区县“一对一”结对，带着责任，先富帮后富。

人们习惯于把江苏和浙江并称为“江浙”，但两省地形有很大的不同。江苏境内多是平原（含湖泊），江河纵横，丘陵地带较少。而浙江的陆地面积中，只有浙北地区有成片平原，其他平原多被夹在山谷之中，或挤在沿海狭长的地域。山地、水面、平原面积分别占全省陆地面积的 74.6%、5.1%、20.3%。

地形地貌、自然禀赋，往往是一个地方发展状态的决定性因素之一。从这个意义上讲，浙江不同区域之间势必存在发展落差。

比如，处在浙北平原地带的鱼米之乡，与东海之畔的贸易港口，和浙西南山区，发展路径和难度自然不一。

论整体发展水平，浙江在全国省（区）当中走在前列。而反观省内，协调均衡发展，迈向共同富裕，浙江仍然有较为明显的潜力可挖：浙江 90 个县（市、区）中有 26 个山区海岛县，其土地面积占比 45%，但 GDP 总量只占 9.65%。

十年间，在脱贫攻坚战、沿海地区产业转移等支撑下，我国区域发展相对差距持续缩小。

2012—2021 年，中部和西部地区经济增速连续多年高于东部地区，GDP 占全国的比重由 21.3%、19.6% 提高到 22%、21.1%；东部与中部、西部人均 GDP 的比值，分别从 1.69、1.87 下降至 1.53、1.68。

然而，区域间绝对差距依旧明显。由此，浙江高质量发展建设共同富裕示范区，肩负的使命任务远不局限在本区域。

早在 2003 年，浙江省委部署实施“八八战略”，就提出进一步发挥浙江的山海资源优势，大力发展海洋经济，推动欠发达地区跨越式发展，努力使海洋经济和欠发达地区的发展成为浙江经济新的增长点。

此外,“八八战略”还提出进一步发挥浙江的区位优势,主动接轨上海,积极参与长江三角洲地区合作与交流，不断提高对内对外开放水平。

基于“优势论”的“八八战略”，其要义在于通过挖掘、放大自身的比较优势，实现发展优势。

在这些优势当中，体制机制优势堪称中国的一种独特资源，在破解顽疾积弊方面作用独特。

针对区域发展差距，浙江实施山海协作工程，让发达县与山区县“一对一”结对，带着责任，先富帮后富。

20 年来，“26 个欠发达县”“山区 26 县”等逐渐成为特有名词，在浙江省内延续至今，并不断写出美妙文章。

山区 26 县生态资源丰富，人文资源独特。浙江提出实施“造月工程”，力争通过 3 到 5 年时间，让山区 26 县形成“众星捧月”“美美与共”的发展格局，带动旅游总产出年均增长 5% 以上，旅游业增加值年均增长 9% 以上。

围绕“争取每个山区县拥有或纳入培育国家 AAAAA 级旅游景区或国家级旅游度假区 1 家”目标，2022 年 7 月，浙江将云和梯田等 6 家景区、泰顺廊桥—氡泉旅游度假区等 7 家旅游度假区列入山区 26 县第一批“造月工程”名单。

对浙江而言，山区 26 县能否实现跨越式高质量发展、能否取得标志性成果，事关现代化先行和共同富裕示范区建设全局。

从全国情况看，优质农产品是促进山区县产业发展、农民增收的主打产品之一，但这种优势资源能否兑现附加值，还需要破解两类难题。

一是“卖得出”。山区赋予了当地农产品独特的生态优势，但也决定了其与主力消费市场存在天然的地理隔阂。近年在农村电商、农旅融合、政府采购等多方力量的推动下，虽然有大量山区农产品走进了消费大市场，但整体上仍欠缺稳定渠道，潜力有待释放。

二是“卖得好”。尽管山区农产品卖出高价的案例不少，但整体上兑现附加值、应对市场风险的能力仍然偏弱，产业化、品牌化、标准化水平较低，且普遍面临同质化竞争，难以把握供求关系。

茶叶、高山蔬菜等农产品的生产、包装、运输、展销等环节组织能力有待提升，不少农民“丰一年、歉一年”，存在收益不高、不稳定现象。

浙江推动农产品流通领域的山海协作项目建设，出发点是进一步拓宽山区农优产品进入消费大市场的通道，切入点是发挥企业市场优势、加强产销衔接，让山区产业在有效市场中兑现附加值。

浙江还实施集体经济相对薄弱村“千个单位扶千村、千个企业结千村、千个侨团（企）帮千村”帮扶专项行动。

“八八战略”提出的山海协作、互促共进、先富帮后富的思路，在我国脱贫攻坚战中也有成功应用，并成为一种中国特色的方法论。

在共同富裕建设中，这种思路也在浙江被进一步发扬光大，“一县一策”“一岛一功能”等精准分类的升级版举措，不断抬高发展底板。2022年，浙江山区26县GDP增速领跑全省平均水平。

分配制度是促进共同富裕的基础性制度。坚持按劳分配为主体、多种分配方式并存，构建初次分配、再分配、第三次分配协调配套的制度体系。努力提高居民收入在国民收入分配中的比重，提高劳动报酬在初次分配中的比重。坚持多劳多得，鼓励勤劳致富，促进机会公平，增加低收入者收入，扩大中等收入群体。

——习近平总书记在中国共产党第二十次全国代表大会上的报告

（2022 年 10 月）

金华横店影视城（洪益伟 摄）

第七章

拓宽共富康庄路

打造共富型大社保体系

改革开放后，我国社会保障从“救济型”向“发展型”转变。随着高质量发展建设共同富裕示范区相关战略部署的提出，浙江社会保障开始向“共富型”迭代升级。

位于杭州市文一西路与丰潭路交叉口的益乐新村北区，有400多幢独立的农民房。每幢多是四层，每层中间隔为南北两半，再分别临路隔成两户或者三户出租。

这里房型多样：10平方米的单间，房租约每月1200元，包括内置洗手间和起居室；20平方米左右的大单间，一般在1楼，多是租给一家三口，房租约每月1500元；30平方米左右的大单间，装修较新，房租约每月2500元。

租住者绝大多数是外来务工人员，以来自河南、安徽、江西等周边省份的人口为主，职业多为外卖员、快递员、网约车司机等，不少人身兼数职，一天打好几份工。小区里，电动车几乎布满各个巷道，“饿了么”“美团”“同城急送”等标识分外醒目。

来自安徽亳州、一家四口租住在益乐新村的疏腾刚满38岁，看起来却明显偏老。他家的两个孩子一个读初中，一个读小学，都在杭州。得益于当地的便利政策，家长只需提供暂住证、社保证明等材料，就能为孩子办理入学手续。

他本人是一家牛奶公司的员工，早上四点多起床，工作到七点钟，工资每月 2000 多元。送牛奶的工作结束后，他便开始开始做第二份工作——同城快递。这份工作每个月大概有 5000 元收入。爱人在超市工作，工资每个月 3000 多元。

受新冠疫情影响，与往年相比，疏腾家庭虽然总收入变化不大，但挣钱明显更难了。比如做同城快递员，疫情前，白天做五六个小时就行；2022 年起，得从早上七八点做到晚上六七点，差不多 11 个小时，辛苦多了。

“幸好有社保兜底，孩子在杭州上学也顺利，跟本地孩子一样。现在日子还过得去，主要目标是把孩子培养出来，能上一个好大学，以后留在杭州。”疏腾面相憨厚，说话不紧不慢，但对未来信心坚定。

益乐新村北门所在的西斗门路，沙县小吃、陕西面馆、吉祥馄饨等快餐店有 110 多家，绵延数百米。

流动人口约占浙江总人口的三分之一。目前在浙江省就业的近 4000 万人中，有约一半是外省人员，其中有 240 万中西部脱贫人员在浙江实现了稳定就业。

2000 多万流动人口汇聚浙江，为经济社会发展注入澎湃活力。在迈向共同富裕的道路上，广大流动人口，特别是进城农民工，是重点群体。

让进城农民工实现共同富裕，是 2022 年浙江谋划的重大改革方案之一。总体原则是让进城农民工与普通市民一样，共享就业、教育、医疗、住房、救助等社会服务。

再下一步，浙江提出探索共富型大社保体系。

改革开放后，我国社会保障从“救济型”向“发展型”转变。随着高质量发展建设共同富裕示范区相关战略部署的提出，浙江社会保障开始向“共富型”迭代升级。

对照共同富裕的目标要求，社会保障不应仅是经济发展和社会稳定的配套工具，还应在促进人的全面发展、发挥再分配功能，特别是缩小城乡、区域、收入“三大差距”上发挥更多作用，理应将社会保障作为全体社会成员的一项基本权益全面落实。

中国式现代化坚持以人民为中心的发展思想，自觉主动解决地区差距、城乡差距、收入分配差距，促进社会公平正义，逐步实现全体人民共同富裕，坚决防止两极分化。

从现有管理体制看，发展改革、财税、人力社保等部门，和妇联、残联等群团组织，都是社会保障体系建设的重要力量。管理职能的细分，虽然能够提升治理专业化水平，但也带来两个问题：一是不可避免地出现部门间政策不衔接、不协调的问题；二是各部门虽然做好了分内工作，但对社会成员而言，保障政策是相对割裂的。

社会保障体系建设是长期性的制度安排。只有社会保障体系与经济社会协调发展，才能从根本上实现对社会成员的基本保障，为共同富裕提供基础。

共富型大社保体系应是建立在与经济社会发展水平相适应基础上的，旨在推动人人享有更高质量的全生命周期保障的，保障更加充分、政策更加协调、发展更加均衡、运行更加稳健的复合型社会保障体系。

比如浙江提出构建“育儿友好型社会”，降低养育孩子的成本，就是针对当前生育意愿下降现象、为社会长远发展而谋的制度性努力。其中举措包括延长女性产假，新增育儿假，提高三孩家庭住房公积金贷款额度并予优先放款等。

再比如，构建“老年友好型社会”，浙江提出构建以居家养老为重点的养老服务体系，全面实施“机构跟着老人走”计划，引导机构参与居家、社区养老服务。同时，建立长期照护综合保障制度，努力让每位浙江老年人都能享受有保障、有质量、有活力的长寿生活。

浙江省民政厅数据显示，截至 2022 年底，浙江居民最低生活保障年标准超 1.2 万元。浙江省 11 个市慈善信托备案实现全覆盖，全省慈善信托备案资金达 13.48 亿元，居全国第一。与此同时，社会慈善氛围也越发浓厚，截至 2022 年底，浙江拥有社区社会组织 25 万家，每万人拥有社会组织 11.2 家，拥有持证社工 23.9 名，均居全国第一。

2021 年 10 月，中共浙江省委社会建设委员会正式揭牌，此后，浙江全省 11 个设区市以及各县（市、区）也陆续成立了社会建设委员会。

成立贯通省、市、县三级的社会建设委员会体系，便是浙江建设变革性组织的一次重要尝试。以杭州市为例，在社会建设委员会的主导下，围绕共同富裕，2022 年，杭州市陆续在 8 个方面部署推进了 30 项重点任务。

比如，提出 2022 年农村居民人均可支配收入增速要高于 GDP 增速，对公交线网、票价、运营等进行优化调整，新辟、优化城乡公交线路 60 条，确保普惠性幼儿园在园幼儿占比 90% 以上，筹措保障性租赁住房 10 万套（间）以上，全市新增住宅加装电梯 600 台以上，新建或提升 50 个城市小公园，等等。

引导先富帮后富

“黄杜村富裕了，安吉富裕了，但人不能忘本，致富不能忘党恩。”在一次党组织生活会上，黄杜村党员回顾村里脱贫致富的历程，饮水思源，开始思考如何为党分忧，先富帮后富。

因为名字带有一个“白”字，初识安吉白茶的人，大多以为它是一款白茶。其实，安吉白茶并不“白”，而是地地道道的绿茶。

20 世纪 80 年代，当第一株野生白茶茶树在浙江省安吉县天荒坪被发现时，谁也不曾料到这片生长在海拔 800 米高山上的嫩芽，会生发成为致富一方百姓、带富多地群众的“金”叶子。

回顾 20 多年前，安吉县溪龙乡黄杜村的村民们记忆里最深刻的词是“贫困”。眼看周边人乘着改革开放东风加速致富，黄杜村人也努力突围，但过程并不顺利。

“你们黄杜村，没有一间房子符合抵押条件。”

从邻乡嫁到黄杜村的宋昌美至今记得这句话。当时，23 岁的她想创业，但申请贷款时，银行的人一听她是黄杜村人，就毫不犹豫投出了否决票。

村里山多地少，1997 年前人均收入不到 1000 元。当年村干部想过很多招数，带村民种过辣椒、板栗、杨梅、菊花，但都没有实现“富起来”的愿望。

留乡创业受阻的宋昌美带着孩子离开了安吉，到工厂打工，一走就是 4 年。就在那几年，黄杜村的改变悄然发生。

1990年，黄杜村党员盛振乾带头在自家的一分地里成功试种了白茶；1994年，种植面积达到10亩，开始赚钱了。这件事触动了村干部，大家隐约觉得，这片叶子或许就是出路。

最初的动员并不顺利。

因为白茶属于珍稀茶，虽然经济价值可观，但种植成本高、技术要求高、失败概率高，所以动员一圈下来，并没有多少村民感兴趣、有信心。当时的黄杜村人实在太穷，穷得什么都怕！

村干部自己带头种。白天，上山种茶；晚上，到村民家里讲利弊。

1997年，好不容易盘整出百亩茶园。可白茶苗全部种好了，又赶上持续干旱。那些天，村里几名党员坚持从几千米外拉水浇苗，浇完水，就累倒在回家的路上。

村民们尽管不理解，但也看在眼里。

努力有了回报。茶树苗壮成长，白茶打开销路，黄杜村一些“胆大”的村民开始跨入垦山种茶的行列。1998年，村民筹集资金近200万元，种植白茶近700亩，成为远近闻名的白茶专业村。

1997年，带着打工挣来的10万元，宋昌美也回到了村里，从承包10亩荒山地开始创业，种茶、炒茶、卖茶。

为打开白茶的市场销路，宋昌美经常独自一人到杭州、上海、苏州等地推销。有一次，她费尽工夫把茶叶送到了杭州一家经销店，第二天对方却说茶叶质量不过关，不要了。

回家的路上，背上的茶叶就像千斤重担，让一向坚韧的她流下了眼泪。她意识到，把白茶做成一番事业，基础必须牢固，笨功夫必须得下。

高中毕业、学习能力较强的她，开始积极参加各类培训班，自费到中国农业科学院茶叶研究所学习茶叶炒制技术。之后，她大胆举债承包了50亩荒山，开始规模种植白茶。

一路下来，她从一名两手空空的农家妇女，变成安吉白茶产业的领军人物，创立了“溪龙仙子”品牌。如今的她已是安吉县溪龙乡女子茶叶合作社社长，带领 100 多名妇女创业发展白茶产业。

2003 年至 2022 年，黄杜村白茶的种植面积从 5000 余亩扩大到 1.2 万亩。如今，白茶产业年产值超过 2 亿元，村民人均年收入超过 7 万元。黄杜村家家户户都在从事和安吉白茶相关的产业，是名副其实的“中国白茶第一村”。

因为白茶，整个安吉县也搭上致富列车。当地山坡上，除了连绵竹林，多是垄垄茶树。全县白茶种植面积达到 17 万亩，种植户有 15800 余户，产业链从业人员共 19.8 万人。

2015 年，《中共中央 国务院关于打赢脱贫攻坚战的决定》发布。消除贫困、改善民生、逐步实现共同富裕，作为社会主义的本质要求、中国共产党的重要使命，以清晰而扎实的步伐加速迈进。

“黄杜村富裕了，安吉富裕了，但人不能忘本，致富不能忘党恩。”在一次党组织生活会上，黄杜村党员回顾村里脱贫致富的历程，饮水思源，开始思考如何为党分忧，先富帮后富。

2018 年 4 月，黄杜村农民党员发起一项行动，提出捐赠 1500 万株茶苗帮助贫困地区群众脱贫。经过有关部门精心组织遴选，这些捐赠茶苗落户贵州、湖南、四川等 3 省 5 县的多个山村。

午后烈日当空，正是一天最热的时候。村民李粉英趁着高温来到苗圃，挑最壮实的苗，扦插入土，盖上遮阳网，及时浇水。她说，各个环节一丝不苟，才能育出最好的安吉白茶苗。

“等这里采茶季结束，我们就带农技专家过去，看看你们打算扩种茶苗的地。如果条件合适，马上安排茶苗。”往后的每年四五月份，黄杜村村干部都会与受捐茶苗的村民频繁沟通。

2021 年 5 月，黄杜村牵头成立“白叶 1 号”乡村振兴党建联盟，与 5 个受捐茶苗的村党组织开展支部结对，在组织建设、产业发展、人才交流等方面建立互助机制，探索乡村振兴、共同富裕的新路径。

黄杜村捐赠扶贫茶苗，也成了安吉县里的大事。

安吉县成立了以黄杜村党员和农民“土专家”为主体的“一片叶子”技术指导志愿服务队，累计派出百余批干部和技术人员赴受捐地开展指导工作，并在重点节气、重点时段向各地发放书面指导性意见资料，在重点地区派员长期蹲点驻守指导。

效果超过预期。受赠地政府、群众非常重视扶贫苗培育，精心种植管理呵护，挖山平地、种植保暖做得到位，茶苗成活率高达95%。

安吉县委就此提出，扩大“白叶1号”茶苗捐赠面，并通过专业技术模式、产业经营理念和绿色发展理念输出，进一步做好“先富带后富”工作。2022年11月，在捐赠给青川县的“白叶1号”茶苗顺利投产上市后，安吉县提出向青川县再捐赠615万株“白叶1号”茶苗。

围绕共同富裕依靠谁，安吉县探索完善了党建统领共建共享新机制。

为部署推动共同富裕示范区建设，浙江省委提出重塑政府、社会、企业、个人关系，鼓励勤劳创新致富，鼓励先富带后富，完善社会力量办社会事业政策机制，鼓励企业在办好自己事的基础上履行社会责任。

“万企兴万村”

这家把推动共同富裕示范区建设纳入企业战略规划中的民营企业，对共同富裕有着更深刻的理解，也做出了更具体的行动。

说起传化，不少人会首先想起洗衣粉、洗洁精等。位列中国民营企业500强、营收超过1400亿元、产业涉及诸多领域的传化集团，确是从日用洗涤产品做起来的。

在浙江民营经济的版图中，杭州市萧山区颇具标识度，徐传化则是改革开放以来萧山创业群体中的代表人物之一。

与《鸡毛飞上天》《温州一家人》等电视剧里呈现的情节类似，徐传化和儿子徐冠巨上阵父子兵，与数以百万计的浙商群体一道，到时代大潮中流击水，历经千辛万苦，终于成就一番事业。

有些许不同的是，在这家企业的成长底色里，“红色”格外鲜艳。

徐传化把传化公司的成功经验总结为“四个依靠”,其中第一个“依靠”便是“依靠上级党组织的支持”。

与时代同行，传化集团保持数十年稳健发展，企业营收超过千亿元，员工数突破万人，业务范围不断拓展至化工、物流、农业、投资等领域。

其间，党建工作一直是这家企业更好服务社会、增强凝聚力的重要法宝。

2003年，徐传化虚龄69岁。年初，大家说起要给老董事长做寿，徐传化摆摆手说：“我不要做寿，我要争取入党！我的愿望就是入党！”

此后，经过逐级向组织部门汇报，获得原则同意后，徐传化履行严格程序，成为一名中共党员。

传化集团董事长徐冠巨说，传化始终是时代的企业。

这家把推动共同富裕示范区建设纳入企业战略规划中的民营企业，对共同富裕有着更深刻的理解，也做出了更具体的行动：通过积极创新实现高质量发展，是民营企业助力共同富裕的最基本方式；把企业自身发展好的同时，也要携手行业共同成长，带动行业转型升级……

对标国家产业主赛道，传化集团继续在模式、技术、产品的创新研发上下功夫，推进管理创新和数字化转型，走绿色低碳发展道路，推动企业发展迈上新台阶，让企业员工共享发展成果。

传化集团完善职工关爱保障体系，明确每年投入不少于 3000 万元用于员工关怀，推动 9% 的职工持股成为企业股东，内部股权投资 7 亿多元。

传化集团投入 10 亿元在萧山区浦阳镇打造共富乡村示范点项目，以政企合力的方式探索和实践乡村振兴与共同富裕。

浙江是民营经济大省，截至 2022 年末，浙江全省在册民营企业、个体工商户分别为 308 万户、604 万户。2022 年，中国民营企业 500 强中有 107 家为浙企，企业营业收入总额达 7.88 万亿元。

共富路上，浙江鼓励企业在办好自己事的基础上履行社会责任。

浙江省工商联部署开展“万企兴万村”行动、知名浙商助力山区 26 县高质量发展专项行动等，探索“先富带后富、帮后富”的工作路径和实践模式，团结引导广大民营经济人士聚力在高质量发展中扎实促进共同富裕。

2022 年，上市公司天能股份实现营业收入 418.82 亿元，同比增长 8.2%。作为天能控股集团党委书记、董事长的张天任，还有另外一个身份：浙江省长兴县煤山镇新川村党委书记、村民委员会主任。

新川村是天能集团的发源地。2008 年以来，天能集团与新川村结对，搭建起了“以工哺农”助推乡村振兴的村企共建平台。

天能集团与新川村开展村企共建以来，累计投入 8000 多万元，为新川村及周边村民提供就业岗位 6000 多个，带动广大村民勤劳致富。

这几年，新川村集体经济总收入每年都超过 700 万元，村民存款达 12 亿元，不含企业家个人收入在内的村人均可支配收入超 15 万元，全村别墅超过 800 幢。

任村支书已经 22 年，张天任一直通过探索实践“村企共建”等方式反哺农村。2020 年、2021 年，张天任总结自己多年的工作经验，接连提出建议，鼓励新乡贤“回家”，引领社会主义新农村文化建设。

2021 年,新川村户主大会（第三届乡贤大会）暨共同富裕推进大会上，长兴新川股权投资合伙企业（有限合伙）、长兴新川文化旅游发展有限公司、长兴新川建设发展有限公司，三家“强村公司”也正式成立。

为农村注入现代经济活力因子。创新性地引入现代股权基金模式，不仅能够盘活村民闲置资金，还解决了村子发展过程中的资金问题，增加了村民的创富渠道。

2022 年全国两会上，作为全国人大代表的张天任提出，乡贤作为先富起来的群体，肩负着“先富带后富”的历史使命，要成为推动共同富裕不可或缺的重要力量。

进一步发挥浙江的山海资源优势，大力发展海洋经济，推动欠发达地区跨越式发展，努力使海洋经济和欠发达地区的发展成为浙江经济新的增长点。

——浙江省委全面实施“八八战略”

（2003 年 7 月）

浙南山区，缙云田园（李勇 摄）

第八章

念好新的山海经

发挥乡村比较优势

浙江山区 26 县由于地理区位、公共资源、历史发展等原因，与省内其他发达地区存在着差距。如果继续走传统路子，或者任由市场选择，发展差距会持续拉大。

初冬时节，北方早已大雪纷飞，浙北多地也变了颜色，山间层林尽染。地处浙西南山区的景宁，依旧绿成一片，深深浅浅，铺天盖地。

正是番薯成熟的时节，身着鲜艳民族服装的当地人，在高山梯田里抓紧劳作。挖番薯是个技术活，挖深了容易伤到果实，挖浅了又耽误工夫，需要掌握好分寸。

再急也不能挖破番薯，一颗值好几块钱呢！

景宁的高山番薯，这几年销路逐渐打开了，卖到了丽水、杭州甚至上海。最贵的时候，地里的收购价就超过 10 元钱一斤。农民晓得其中利害，宁愿早起晚归挖得仔细些，也不想挖破番薯皮。

"九龙乡的高山番薯，吃起来比板栗还面！"纪伟根是景宁畲族自治县九龙乡岭里村万科家庭农场番薯种植基地的负责人。他说，景宁土壤环境好，早晚温差大，这里的高山番薯种植时间长，淀粉含量高，市场销路不用愁。

为把番薯做出名气，把"蛋糕"做大，九龙乡引进一家农业企业，带动 100 多家农户打理 2200 余亩的番薯种植基地。乡里还建起番薯粉丝加工厂，按照"景宁 600"县域公用品牌的标准进行管理、检测、包装等，农产品附加值有了大幅度提升。单是番薯这一项，就能带动种植户人均增收近 16000 元。

大漈乡地处海拔 1000 米以上的高山，是浙江省海拔最高的乡（镇）之一。这个乡主要种植茭白，绿色无污染的茭白的价格能高出市场均价几倍。

2022 年暑期，浙江多地遇到史上罕见的持续干旱天气，对农产品收成造成明显影响。让大漈乡茭农想不到的是，虽然茭白产期晚了将近一个月，产量也有所减少，但价格好得出奇，收入反而比往年更高。

茭农梅卫元说，茭白往年每亩平均产值 7000 多元，而 2022 年最低卖到 8000 多元，最高甚至卖到了 12000 元。

随着市场稳定扩大，大漈乡茭白种植面积这几年也持续扩大，已超过 5000 亩。除了销售茭白带来的直接收入，茭白收割、分拣还需要大量人工，这也为周边农民提供了不少就业岗位，创造了不少劳动收入。

景宁有两个突出特色：一是山多风景好，二是少数民族风情独特。景宁畲族自治县是华东地区唯一的少数民族自治县，畲族人口将近 2 万人，有 7 个民族工作重点乡（镇）、32 个民族村。

忠勇的畲乡人民曾在革命战争时期作出过巨大贡献，但由于历史和自然资源禀赋等原因，景宁在工业化进程中逐渐落后，滑入浙江省内“欠发达县”之列。

步入新时代，景宁的两大特色化身鲜明的比较优势，成为当地加快发展的出路所在。

高山藏有好生态，景宁的空气、水、土壤环境质量都排在全国前列。从摆脱贫困到持续增收致富，景宁近年来积极探索生态价值转换机制，“绿水青山”转化为“金山银山”的路径越走越宽，绿色成为畲乡发展最动人的色彩。

畲乡风情也带来发展动能。景宁是浙江省畲族的发源地，早在唐永泰二年（766），就有畲民迁入聚居，距今已有1200多年。

千百年来，畲汉群众创业持家，在畲乡大地上留下了特色鲜明的人文瑰宝。独具特色的魅力畲寨、别有风情的婚嫁习俗、婉转曼妙的畲家歌舞、精巧细致的民间技艺、自成一派的畲汉美食，吸引大量游客前往。

初访景宁县城，其整洁程度给人留下了极为深刻的印象。“两山夹一溪”的特殊地貌，为这座畲族自治县增添了一份神秘色彩。

2015年，白鹤村村民徐海惠开起了全村第一家咸菜馆，凭借祖传的手艺，用野生蕨菜、竹笋、四季豆等腌制的咸菜销售火爆，当年就有5万多元收入。

从前腌咸菜是自家过日子的食物，现在则成了创业创新的产品。景宁东坑镇打造“贤惠巧妇、闲暇时光、咸菜产业”的畲乡“三xián经济”，80多种咸菜礼品线下受游客青睐、线上畅销全国。

越是在老少边穷地区，干部带头越是关键。景宁用干部的“辛苦指数”换取畲乡群众的“幸福指数”。

2017年，景宁全面实施“志不求易、事不避难”创新实干“大赶考”，全县104个乡、镇（街道）、部门及临时机构的领导班子作为“考生”，立下发展“任务书”，以破除山区和民族地区以往部分干部存在的“等靠要”思想和“庸懒散”作风。

通过科学定标明方向、公开晾晒表决心、健全机制抓落实、述考结合定绩效、赶考一线辨干部，景宁形成了“躺着的站起来、站着的跑起来、跑着的争第一”的浓厚干事创业氛围。

用好比较优势，景宁经济社会发展步入快车道，从而有能力进一步巩固优势和特色，形成了良性循环。

这几年，景宁教育水平持续提升，高考一本上线率大幅高出浙江全省平均水平——一个直观变化是，家长不再想方设法把孩子送到省城、市区读书了。

浙江山区 26 县由于地理区位、公共资源、历史发展等原因，与省内其他发达地区存在着差距。如果继续走传统路子，或者任由市场选择，发展差距会持续拉大。

想要打破这一现状，必须因地制宜，帮助山区 26 县挖掘自身比较优势。按照“小切口、大牵引”思路，浙江省提出“一县一策”，为山区 26 县量身定制发展方案。

比如，淳安县“生态保护前提下的点状开发”，泰顺县“生态旅游全域美丽”，景宁畲族自治县“少数民族地区融合发展”，都具有鲜明地方特色。

“蚂蚁雄兵”闯山海

浙南山区不乏颇具特色的行商支脉。比如把小生意做得有声有色，像“蚂蚁雄兵”一样到处寻找机会的“云和师傅”“常山阿姨”，还有多点开花的缙云烧饼产业。

老板娘包馅儿，伙计把面团压扁，店主应显光一个接一个地往烤炉里贴生烧饼，又顺手从炉子里取出烤熟的烧饼，用纸袋装好，拿给顾客。不足 20 平方米的烧饼店里，顾客来来往往，店员进进出出，每个人都不得空闲。

位于杭州市学军中学大门西侧的“胖子烧饼”，已经开了 26 年，早就在这所杭城名校的学子们心中深深扎了根。

有了长年积累，这家缙云烧饼店从小作坊变成了气派的门店，挪到了杭州文三路与教工路交叉口的显眼位置。门店招牌也明显升级，有了“应显光”标志和卡通画 Logo。

无论脚步到哪，缙云人都眷恋着家乡的味道。缙云当地对此因地制宜、因势利导，令“乡愁产业”在外遍地开花，也吸引外地人到“素未谋面的故乡”一解乡愁，走出一条联动千家万户、“蚂蚁雄兵”式的乡村富民路。

一口烧饼，再加上一碗热气腾腾的爽面，才是天南海北的缙云人记忆中最眷恋的乡味。

缙云爽面，也叫土面、索面卵，已有 1300 多年历史。《缙云县志》中介绍，当地人家来了客人，或家人生日，均以“索面卵”招待。大碗底垫肉片，索面盘堆成“丘”，上封炒肉条，两只油煎鸡蛋饼盖顶，或置剥壳白蛋一双。

缙云爽面正在走出缙云。这碗面升级成铁皮石斛面、西红花面、桑叶面、南瓜面等新形态，进驻上海、杭州、宁波等地的超市，成为各地居民餐桌上的一道美味。

烧饼和爽面，还是那个正宗的味道，不一样的是，这些制作门槛不高、适于大众创业的地方特色饮食，走出农家、走进市场，成了增收致富产业。

岱石村 1900 多名村民，有 200 多户、300 多人在外地从事烧饼制售行业。缙云 90% 以上的“爽面师傅”是农村妇女，全县从业者 5000 多人，潜在从业人员超过 1 万人。

缙云走的就是惠及千家万户、“蚂蚁雄兵”式的乡村富民路。因为有千家万户的群众基础、增收致富直接有效、市场前景看好，缙云近年大力发展“乡愁产业”，激活乡村经济，让乡愁真正落地。

一张烧饼一碗面，再加上虾农、民宿、养生、石艺、工匠、黄酒、乡宴、婺剧，缙云“十大乡愁富民产业”，吸引大量外乡人专门到此一解乡愁。

缙云烧饼、好溪溪鱼、敲肉羹、霉干菜豆腐、芥菜饭……缙云县仙都街道轩辕街热闹繁华，美食琳琅满目，从大巴车鱼贯而出的外地游客一拨接一拨。这条街道上，民宿、农家乐有 168 家，从业人员 2000 多人。

缙云立足乡愁谋富民，培育的是生态之花、文化之果，而非大项目工业烟囱里“熏”出来的富裕。

2014 年 2 月，缙云县出台文件，提出把烧饼产业作为富民工程，每年安排 500 万元专项资金予以扶持。县里还专门成立“缙云烧饼品牌建设领导小组办公室”，简称“烧饼办”，给予专职编制，负责产业整体推进工作。

丽水的 9 个县（市、区），衢州的 6 个县（市、区），都位列浙江山区 26 县名单之中，发展水平整体靠后。实际上，这些山区县发展也各有特色，一些地方还有浓厚的商帮文化积淀。

丽水市青田县是知名的华侨之乡，全县人口只有 55 万人，其中侨胞就有 33 万人。青田华侨主要分布在意大利、西班牙等欧洲国家，其中有 10 万多人在意大利。

人在欧洲，心系家乡。青田是中国最富有、房价最高的县城之一，还有“中国金融十强县”“外汇第一县”“人均存款第一县”等称号。

在衢州龙游，商帮文化曾经拥有全国影响力。明清时期的“龙游商帮”是当时的“十大商帮”之一，势力遍布珠宝业、垦拓业、造纸业和印书业等商业领域。

龙游商帮虽地处偏僻，但却有着开放的心态和新潮的观念。他们在投资上“敢为天下先”，也有海纳百川的肚量，善于成事。

浙南山区不乏颇具特色的行商支脉。比如把小生意做得有声有色，像“蚂蚁雄兵”一样到处寻找机会的“云和师傅”“常山阿姨”，还有多点开花的缙云烧饼产业。

这表明，浙江山区县并不缺少有内生动力的发展因子、发展资源，缺的是能与本地产业、本地人产生广泛链接的产业和模式。“一个都不能少”的共同富裕路上，补上这类短板是重点工作之一。

“八八战略”提出，进一步发挥浙江的山海资源优势，大力发展海洋经济，推动欠发达地区跨越式发展，努力使海洋经济和欠发达地区的发展成为浙江经济新的增长点。

这种山海协作思路，作为一种关注发挥比较优势、推动可持续合作、实现内生性发展的方法论，有效应用于促进山区县加快发展。

浙江省部署强化陆海统筹、山海互济，推动山海协作结对双方聚焦平台共建、产业共兴、项目共引，实现山海资源要素精准对接、合作共赢。

嘉兴市嘉善县与丽水市庆元县相距 530 多千米，原本并无直接交集。2008 年以来，这两个县通过结对帮扶机制，合作交流越发密切、顺利，并在 2016 年成为浙江省山海协作工程中的结对县。

如何把庆元这么好吃的猪肉，吆喝到嘉善去？

庆元有着“中国生态环境第一县”的美誉，森林覆盖率 86% 以上，生态环境优越，水源充足，特别适宜土猪的生长。来庆元挂职的嘉善干部，对庆元的红烧肉赞不绝口。只要路子顺了，庆元猪肉肯定有销路，能为农户带来明显增收。

于是，“拼猪猪”项目应运而生。趁着嘉善当地群众过年前需要大量采购猪肉的契机，嘉善挂职干部与庆元县多个部门合作，攻克货源信息采集、供应链搭建、拼单方式梳理等重重难关，着手试试团购猪肉的市场有多大。

试运营阶段，他们推出每人购买四分之一、4 人成团拼整猪的“拼猪猪”活动，将猪肉通过冷链车配送至嘉善。活动上线后，“庆元森林氧吧农家深山土猪”竟然吸引了 10000 多名嘉善群众的关注和采购。

宁波市鄞州区与衢州市衢江区的结缘，离不开山海协作工程。这是浙江省深入实施“八八战略”、高质量发展建设共同富裕示范区的重要举措，将“海”边的资金、技术、人才，与“山”里的资源、生态、劳务等优势结合，开拓互动式双赢发展的新路。

鄞州区是浙江东部滨海城市宁波的城市核心区。2022 年，鄞州全年 GDP 排名省内县（市、区）第一;衢江区则位于浙江省西部、钱塘江上游，属于山区 26 县范畴。2012 年，宁波市鄞州区和衢州市衢江区成为山海协作结对地区。

逛文化馆，品特色小吃，览衢江风光，看威风锣鼓、腰鼓舞、汉服秀等表演……2023 年春节，衢州市衢江区高家镇盈川村里好戏连台，人头攒动，好不热闹。

近年来，依托鄞州—衢江山海协作、对口帮扶机制，盈川村充分挖掘文化元素，打造场景，发展产业，成为乡村振兴共同富裕示范地，也是衢州市唯一一个入选浙江省首批千年古镇（古村）的村落。

2021 年，盈川村被列为鄞州—衢江山海协作乡村振兴示范点。两地充分利用结对帮扶援建资金，邀请知名团队为村中设计打造了文化礼堂。围绕杨炯“勤廉精神”，建造了具备文化教育、研学等功能的清廉文化馆。盈川村还完成了村内道路、庭院、景观节点的改造，村庄面貌焕然一新。

山海协作项目给盈川村带来了 450 万元的资金，为村中建设了清廉文化馆、民宿、游客集散中心等援助项目，每年能为村集体带来三四十万元的收入，不仅壮大了村集体经济，还能为老百姓增收。

2022 年，盈川村已建成 100 多间中端民宿，可接待 200 多人。2023 年，盈川村持续推进农房改建民宿工程，新建木屋民宿和高端民宿区，增加床位约 300 个。

参与改建的村民姜利甫算了一笔账：他家中有一栋三层楼房，预计每年的租金就有 22500 元；再加上成为民宿管家，一个月的收入约 3000 元。这样，他一年在家中就能增收 50000 多元。

这样的山海协作项目，有“先富帮后富”的情义，更有可持续的市场生命力。

“弄潮儿”的乡土情结

浙江是我国改革开放先行地，有数以百万计的浙商在市场经济浪潮中脱颖而出。他们大多出自农村，有着深厚的乡土情结，是当前推动共同富裕的重要力量。

走进浙江丽水市青田县祯旺乡吴畲村，青瓦黄墙、错落有致的古旧民居有200多间，村民在家门口惬意生活。

民宿老板叶小芬越来越忙碌了。这几年，村子名气越来越大，业态越来越丰富，像她这样的民宿老板就有20多位。不少村民还开起了特色农家乐、小卖铺等。

2018年夏天，天通控股股份有限公司的助农共富团队第一次到达距离青田县城65千米的吴畲村时,这里还是一个典型的“三无”村庄——“无人、无地、无产业”。

吴畲村是一方红色热土、革命老区，这样一个山区村要跟上时代发展步伐，迈向共同富裕，迫切需要外力的长效帮扶。

帮助吴畲村发展，天通控股股份有限公司有两个选择：一是捐赠一笔钱，以企业慈善公益的方式帮扶。二是与村里深度关联、结对帮扶，发掘好、利用好村里资源，在经济建设中兑现价值。

第一种方式显然更加直接，也更方便。第二条路难走，需要投入大量的人力、财力、精力，短时间内还不一定能看到效果。

授人以鱼，不如授人以渔——天通选择了后者。

2018 年 7 月，吴畲村与天通公司签署了村企结对协议。村企联合成立的青田吴畲旅游发展有限公司实实在在地踏上了对吴畲村的长期帮扶之路。

结对帮扶以来，天通公司在村里投资建设了红军精神大讲堂、红军书屋、红色记忆展览馆、儿时的记忆馆、旅游接待中心等 10 多个场馆。

不断升级基础设施建设、拓宽农特产品销售渠道、培训旅游服务人员……一步步扎实帮扶之下，吴畲村渐渐走出颓势，山里资源逐渐被盘活。近几年，吴畲村每年旅游收入都突破 300 万元，农家乐、民宿收入超过 150 万元。

“天通 38 年来的发展受惠于党和国家创造的好时代，如今更有理由真诚回报社会、履行社会责任，为促进乡村振兴、推进共同富裕的时代需求贡献一份力量。”天通控股股份有限公司负责人潘建清说。身为浙商的一分子，共同富裕不是一句口号，更需要身体力行。

浙江是我国改革开放先行地，有数以百万计的浙商在市场经济浪潮中脱颖而出。他们大多出自农村，有着深厚的乡土情结，是推动共同富裕的重要力量。

类似吴畲村，浙江有不少乡村的高水平发展依托于浙商浙企，形成了“村企共建”的共同富裕模式。

“村企共建”的关键是要选优企业，选择愿意带头、有奉献精神、产业带动能力强的优秀企业家和优秀企业开展“村企共建”的结对工作。源自回馈之心，不少企业家对于乡村有情感积淀。

当前，在推进共同富裕进程中，“村企共建”有了升级版新模式，企业家助农致富已经不局限在本村本地，助力方式也更加丰富。

2021 年 9 月，浙江省推进“万企兴万村”行动，以山区 26 县为重点，引导企业家助力共同富裕建设。

汽车沿着山路盘旋前进，进入温州市永嘉县云岭乡南陈村，满眼绿水青山。乡村公路旁有成片的水果种植基地，崭新的太阳能路灯，现代化的花园农场。村里引进新乡贤投资58亿元建立的南陈温泉小镇，已经进入精装修和景观绿化阶段。

“温泉小镇承载了周边6个建制村农民的‘共富梦’。”南陈村党总支书记潘武杰说。

2012年，在内蒙古经商的潘武杰响应“温商回归”号召，回到家乡南陈村发展乡村旅游。从“白面书生”到“黑脸书记”，潘武杰成为整个南陈村集体经济的“经营者”。

如今，南陈村农民人均年收入从5000元增长到2.5万元。随着老百姓收入翻番，越来越多年轻人回村创业。

把本地企业优势与山区26县产业优势相结合，助力当地扩大产业，做大经济“蛋糕”。

如传化集团在衢州建设智能公路港，打通山区26县物流“最后一公里”；吉利控股集团通过产业链，带动天台、仙居等山区26县汽车零部件配套企业发展；娃哈哈集团在景宁、文成等山区26县投资项目，打造公司生产基地。

宁波市鄞州区与衢州市衢江区的山海协作工程中，创新推出“鄞衢科创飞地”举措。2021年，锚定“技术在鄞州、产业在衢江”目标，鄞衢两地合力投入近6000万元创新打造“科创飞地”，深耕新材料、高端装备、信息产业孵化与培育。

平台两端，一边是鄞州在高新产业和高端人才资源方面的优势，另一边是衢江在人才引进、产业投资等方面的良好政策环境，两地优势复合叠加，这一特色众创空间的创业创新氛围日益浓厚。

着眼于衢江区需要，“鄞衢科创飞地”着力打造“鄞州研发＋衢江制造”的产业协作模式。截至2022年底，已累计引进高新技术企业18家，初创团队31个。

共同富裕是一个长远目标，需要一个过程，不可能一蹴而就，对其长期性、艰巨性、复杂性要有充分估计，办好这件事，等不得，也急不得。一些发达国家工业化搞了几百年，但由于社会制度原因，到现在共同富裕问题仍未解决，贫富悬殊问题反而越来越严重。我们要有耐心，实打实地一件事一件事办好，提高实效。要抓好浙江共同富裕示范区建设，鼓励各地因地制宜探索有效路径，总结经验，逐步推开。

——《求是》杂志发表习近平总书记重要文章《扎实推动共同富裕》

（2021 年 10 月）

“绿水青山就是金山银山”理念发源地（陈云 摄）

第三部分 逐梦中国式现代化

第九章 共富故事汇

“上古小城”奔共富

上虞不仅是文化底蕴深厚的江南小城，还是一座低调踏实、GDP超过千亿元的工业重镇。这里有规模以上企业765家，医药化工、机械装备、轻工纺织等产业中不乏龙头企业。

在东海之滨，会稽山、四明山连绵起伏，山麓之间有一条曹娥江。山水相会、动静相交之处，有一座文脉绵延数千年的江南小城——上虞。

上虞“五山一水四分田”，呈典型的丘陵地貌。据考证，早在上古时期，山水相依的上虞就有人类活动。史籍记载，上虞曾是虞舜后代的封地，上虞的“虞”，就取自“虞舜”。作为浙江省建县最早的县之一，上虞的置县历史可追溯到秦朝。

自秦朝以来，上虞或单独成县，或并入当时的会稽、越州、绍兴等地。无论作何名，上虞一直是繁盛之地，历史文化绵延不绝。

东晋谢安是陈郡阳夏（今河南太康）人，出身士族，常与王羲之等好友在会稽东山游览山水，吟诗谈文。

据《上虞县志》载，东晋升平四年（360），年过40的谢安离开东山从政，成为著名政治家，成语“东山再起”即出于此。东山在上虞区上浦镇境内，南距上虞城区13千米，水陆皆通。

同样发生在东晋时期，我国古代民间爱情故事“梁山伯与祝英台”，也与上虞颇有渊源。传说中，祝英台的故乡就在上虞区丰惠镇的祝家庄村。

行走在上虞的大街小巷，舜耕公园、曹娥庙、“英台故里”祝家庄景区等总能与这些绵延千年、比比皆是的故事传说不期而遇。

远至上古时期的传说，蕴藏了一股无形的力量，无声滋养着一方水土。

教育家竺可桢、国学大师马一浮、“甲骨四堂”之一的罗振玉、科学先驱杜亚泉、教育先驱经亨颐、文学家夏丏尊、幼儿教育家陈鹤琴、出版家胡愈之、“茶圣”吴觉农……一批上虞人筑起的这一片文化高地，在中国近现代文化史上堪称浓墨重彩。

精神高地与物质富裕，往往互促共进。

上虞不仅是文化底蕴深厚的江南小城，还是一座低调踏实、GDP 超过千亿元的工业重镇。这里有规模以上企业 765 家，医药化工、机械装备、轻工纺织等产业中不乏龙头企业。

在鲁迅笔下，少年闰土机敏、勇敢、见多识广，喜欢带着一柄钢叉在瓜地里找猹。现实中，位于上虞的浙江闰土股份有限公司，距离鲁迅故里约 30 千米。

这是一家上市公司、国家重点高新技术企业，也是国内染料行业主要供应商之一。因为有龙盛集团、闰土股份等头部企业，上虞成为我国精细化工领域重要的原材料基地。

邻近上虞区蒿坝镇的卧龙山，山势起伏连绵数十里，主峰金刚峰海拔约 320 米。与卧龙山同名，位于上虞的卧龙控股集团同样是家实力强劲的实体企业。

在上虞农村，依托漫山遍野的“四季仙果”，农旅融合产业链条不断延伸，成为促进农民增收的有效路径。

6 月的驿亭杨梅，8 月的谢塘黄花梨，9 月的章镇猕猴桃，10 月的长塘柿子、丁宅冬桃……在上虞，原本四处散落的乡镇村庄，因为各自盛产的水果，被顺着四季的时序巧妙地串联了起来。

一年四季，上虞各乡镇接连举办樱（桃）花节、（青）梅花节，不仅销售杨梅、桑葚、葡萄鲜果及其衍生产品，还带动茶叶、竹笋、干菜、年糕、豆腐干等农副产品的销售，甚至带火了以此为依托的农家乐产业。

上虞是“中国杨梅之乡”“中国葡萄之乡”，有“二都杨梅”“野藤葡萄”“丁宅水蜜桃”等国家农产品地理标志认证，主要生产基地面积约4.8万亩，有重点水果专业合作社110家，社员5600余人。

早些年，上虞农村水果基本以农民“自产自销”为主，一到上市季节，家家户户都摆摊在外叫卖水果。水果上市采摘期较短，市场竞争又激烈，上虞杨梅、草莓“压市”现象时有发生。

面对水果“难卖”的窘境，一些杨梅、葡萄种植户开始尝试邀请客人到自家的田间地头亲自采摘。从那时开始，“采摘游”的雏形便初步显现。一开始来采摘的多是亲朋好友，后来游客越来越多，水果名气越来越大。

有了这些经历，上虞最终形成了以二都杨梅、野藤葡萄、虞南樱桃等水果为核心，农家乐和旅游景区为依托，集鲜果采摘、农家体验、休闲旅游于一体的“四季仙果之旅”品牌基本设想。

此后，通过总体策划规划、政策引导支持、基础设施建设、品牌市场营销、管理服务支持等一系列运作，上虞为农民“种果、卖果”搭建平台，解决了水果销售的难题。

2022年度，上虞城镇常住居民人均可支配收入达77890元，同比增长4.4%，农村常住居民人均可支配收入达44946元，同比增长7.1%。

推进共同富裕建设进程中，上虞乡贤作为一种柔性社会力量，发挥了独特作用。

上虞通过政策引贤、项目引贤、情感引贤、身份引贤，为乡贤助力共富搭建了更为广阔的平台和空间。

杭州市上虞商会常务副会长、叶氏兄弟果业集团总经理叶维明，与家乡村民签订了长期供货协议，为500多名果农的400吨红心猕猴桃找到归宿。

通过乡贤厉林堂牵线搭桥，上虞的红心猕猴桃进入了上海“万客时代”

连锁超市，每年销售量 8 万多千克。乡贤提供的销售渠道，为果农打开了更广的致富通道。

乡村“金牛”拓富忙

一座“金牛奖”，撬动“三农”大变化。浙江省自2006年以来，坚持组织“金牛奖”评选，久久为功，成为“三农”人的荣耀。

2005年，浙江省丽水市“青田稻鱼共生系统”被评为全球重要农业文化遗产。徐冠洪决定回国，从50亩闲置土地起步，开发“稻鱼共生”产业。

彼时34岁的他，曾是一名中学物理教师。去欧洲闯荡开阔了眼界之后，他意识到现代农业大有可为。

此后十多年里，稻田就成了“试验室”。他一年四季都在做试验，最终探索出了“免耕、免除草、免施肥、免洒农药”的“稻鱼共生”有机循环模式，提高了生产力，节约了劳动力。

水稻的秧苗插进稻田后，就放田鱼进稻田去吃里面的杂物，鱼的排泄物同时又被水稻当作养料吸收，紧密合作，效果非常好。

稻子熟了，田鱼也肥了。每亩稻田能收获1000斤左右稻谷，而肉质细嫩的田鱼能够卖到70多元一斤。

徐冠洪还建起青田田鱼原种保护中心，采集青田多地的高山鱼种，通过现代化玻璃温室和人工培育技术，将培育时间从原来的两年缩短到一年。

为了提高田鱼存活率和土地利用率，他还摸索出延迟亲鱼繁育的新技术，同时建立了鱼病检测室，免费为农户的田鱼看病，大大降低了鱼苗损失率。

经过不断实践，鱼与稻之间达到巧妙的平衡，产量也随之上升。同时，在当地政府的牵线之下，徐冠洪还参加了东西部合作帮扶工程，把青田田鱼输送到四川古蔺县，还将青田“稻鱼共生”模式推广到安徽、湖北、福建等11个省份，让当地农户也参与到“稻鱼共生”种养模式中。

2022年6月，徐冠洪作为世界农民代表在“全球重要农业文化遗产大会”主会场上发言，还被农业农村部授予“大国农匠”称号。

2023年2月，作为青田农业带头人、青田愚公农业科技有限公司总经理的徐冠洪，成为2022年度浙江乡村振兴共富带头人十位“金牛奖”获奖者之一。

带领农民种植葡萄致富的朱屹峰也获了奖。

1992年起，朱屹峰专业从事葡萄种植技术推广工作。2005年，朱屹峰创办了嘉兴市绿江葡萄专业合作社；2021年，发起建立了“甜蜜共富工坊”。在示范引领作用下，嘉兴市南湖区大桥镇葡萄种植面积达到1.85万亩，年销售收入2.3亿多元，真正走出一条“带动一个产业发展、带领一方群众致富”的科技兴农之路。

从一名农业生产者转变成高级农艺师，朱屹峰利用自己的专业技能，每年举办或联办各类培训。2008年，他被中国科学技术协会评为“中国农函大优秀讲师”，成为浙江省唯一从田间走上讲台的国家级农函大讲师。

一座“金牛奖”，撬动“三农”大变化。浙江省自2006年以来，坚持组织“金牛奖”评选，久久为功，成为“三农”人的荣耀。

17年来，浙江“金牛奖”获得者多是扎根基层、心系“三农”的优秀代表：有的舍弃百万年薪，带领村民把废气环绕的工业厂房改成设施一流、效益可观的兰花基地；有的则是懂农业、爱农民的专家学者，扎根乡村将专业知识传播到户……

“用5年时间来追逐我的农业梦想，挑战自己人生能力的极限，忘记年龄，舍弃荣耀与财富……”获得“金牛奖”后，浙江农民陈照米在社交平台感慨，兑现了当年对自己的承诺。

身着灰色工装，头戴圆草帽，脚穿沾满泥土的胶鞋……早年务过农、当过教师和村党支部书记。此后投身商海，涉足过建材、光伏、房地产等产业的成功商人陈照米，2013 年决定回到诸暨市山下湖镇，在家乡抛荒的田地上二次创业。

每天工作超过 16 个小时，创业以来几乎没休息过一天，陈照米被戏称有“包公”的脸、“愚公”的心、“匠公”的身。他创立的“米果果小镇”，集果蔬种植、产品深加工、教育培训、文化创意于一体，为当地提供了 400 多个就业岗位。

34 年如一日，林少珍始终坚守在海水养殖科研生产第一线。作为浙江省海洋水产养殖研究所洞头基地主任，她常年走农户、蹲苗场、下海区、查筏架，春季指导农户播种，夏天提醒农户预防台风，初秋指导农户采苗下海养殖。

温州市洞头区霓屿乡是浙江有名的“紫菜之乡”，但近年来频受紫菜优质苗种短缺问题的困扰。林少珍带领团队根据水域条件引进培育了耐高温、生长快、胁迫抗性强的“浙东 1 号”等 3 个新品种。新品种不仅适应浑水养殖条件，在产量方面也显现优势，带动霓屿乡紫菜养殖产值连续创下历史新高。

这些扎根“三农”大地、珍视“农者荣耀”的获奖者，以不同的身份为乡村带来不可或缺的发展元素：

——基层组织“领头雁”，以乡镇村干部、乡村指导员、优秀大学生村干部等为主体，是凝聚村民干事创业、改变家乡面貌的关键力量；

——现代农业“探路者”，以新型职业农民为主体，让新理念、新模式、新技术变成生产力，集结小农户融入现代农业产业链；

——公共事业“奉献者”，以乡村农技员、乡村医生、农村电商带头人等为主体，为乡村经济社会发展常年奔走，默默奉献。

掌握先进理念和技术的新型职业农民获得“金牛奖”，让更多人嗅到了农业发展前沿的清新气息，也催生了更多可喜的现象：越来越多的大学生、农业科技带头人、乡贤投身农业农村事业。

在浙江省政府咨询委员会专家顾益康看来，城乡共同富裕、乡村振兴，首先要有“人”的振兴，乡村有人气才有希望。一座沉甸甸的“金牛奖”奖杯，让懂农业、爱农村、爱农民的“三农”工作队伍感知荣耀，有利于汇聚起建设乡村的磅礴力量。

古韵新风，临平不平

衣袂飘飘，轻盈变幻，时尚服装产业是临平的传统优势产业。临平设计、临平制造，随着信息流、产业链联通世界。

杭州东北、大运河畔的临平，是一片既古老又崭新的土地。

这里原本是烟波浩渺的海湾，潮汐退去，泥沙俱下，大自然的伟力在这里造就了一湖碧水。传说“此湖开，天下平；此湖塞，天下乱”，于是便有了“临平”的名字。临平之名，东汉时已见诸史册，至今1800余载。

时至2021年4月，原杭州“大块头”余杭区以运河为界一分为二，运河以东板块新设临平区。自此，临平迎来新的身份。

当你踏上广济桥斑驳的石板，探寻运河文化的活态传承；当你走进老板电器的智能车间，感受“黑灯工厂”的科技魅力；当你在“江南佳丽地”步入未来乡村，体验数字变革带来的便捷生活……你就能感受到地处长三角圆心地、杭州东北门户的临平，拥有着怎样厚重的历史文化底蕴，涌动着怎样的改革发展活力。

在这里，数字创新赋能经济高质量发展，高水平推进“数智临平·品质城区”建设，让古韵新风交融碰撞、赋能未来。

衣袂飘飘

临平，是一座既厚重又轻盈的城市。

说其厚重，与其所承载的千百年历史人文积淀有关。

人们将“丝绸之府、花果之地、鱼米之乡”等美誉，毫不吝啬地加诸临平。运河、超山、玉架山遗址等文化胜地历史悠久，孕育了褚无量、何思敬等大批名人名家，吸引了苏东坡、吴昌硕等众多雅士名流。

说其轻盈，又与其最具特色的时尚服装业有关。

衣袂飘飘，轻盈变幻，时尚服装产业是临平的传统优势产业。临平设计、临平制造，随着信息流、产业链联通世界。

针对企业普遍存在成本有限、销售困难、库存积压等痛点、堵点，位于临平的得体科技公司通过大数据平台，深度整合服装产业上下游资源，打通设计师、版房、面辅料商、工艺商、生产商、品牌商、分销商等多方链路，打造出专业化、规模化、系统化的柔性供应链平台。

临平，还是一座既现代又田园的宜居之地。

古时的临平，依托京杭大运河，交通便捷;如今的临平，依托现代交通，贯通四方。

G60科创大走廊、城西科创大走廊和城东智造大走廊在此交会，京杭大运河、运河二通道等航运资源通江达海。区内“一弧三射”高速路网、“四横四纵”快速路网畅达四方,“两高一普”铁路网及轨道交通四通八达。临平始发至上海虹桥的高铁全程仅需1小时。随着沪乍杭高铁建设加快推进，未来将实现与上海虹桥、浦东两大枢纽的直接贯通，杭州“融沪接长”桥头堡作用将进一步凸显。

有张有弛，宜居生活之道。快节奏的现代生活，与慢悠悠的田园时光，在临平可以顺滑切换。

入夜的塘栖古镇，游客熙熙攘攘。有的用相机记录美景，有的走街串巷体验美食。晴日漫步乡村，时不时有白鹭、鸬鹚飞过，江南水乡的静谧之感扑面而来。乡村宜居宜业，农民富裕富足，行走临平，很难察觉出城乡之间的边界。

临平区设立以来，围绕“高水平建设‘数智临平·品质城区’”总目标，聚焦农文旅产业融合、公共服务体系完善，均衡协调发展不断迈上新台阶。

硬核制造

作为杭州主城区的重要板块，推进高质量发展离不开制造业作坚实基础。“打铁还需自身硬，没有硬核的发展成果支撑，再响的口号也只是空架子。”临平区委领导表示。

盘点制造业“家底”，可谓丰厚：临平拥有国家级经济技术开发区、临平新城、大运河科创城三大产业平台，集聚了服务型制造研究院等一批创新平台，培育了老板电器、春风动力、西奥电梯、贝达药业等一批产业链龙头企业，上市企业达25家，“未来工厂”数量领跑全省。

智能制造，重在科技赋能。临平与上海临港集团等企业开展合作，打造“上海科创＋临平智造”产业转化模式，成立全国首个未来智造工程师联盟。

2022年，临平全区人才总量突破20万，集聚高水平工程师、高技能人才超10万名，集聚市级及以上海内外引才计划专家30名，累计自主培育国家级海外引才计划专家3名、引进国家级领军人才1名，首次实现“零的突破”。

近年来，临平着力提升家纺时尚产业能级，提升发展艺尚小镇、工业互联网小镇、算力小镇，向国家级开发区“第一梯队”不断奋进，推进家纺服装、高新技术等优势领域产品集体“品牌出海”。

走进西奥电梯的“未来工厂”，7万平方米的偌大厂房里是一片热火朝天的景象。机械臂来回挥舞，机器轰鸣声此起彼伏，50多条数字生产线正开足马力，加紧生产。

为给制造业营造良好发展环境，临平相继出台了高质量发展99条、人才新政20条、稳经济50条、“拼经济、抓发展，奋力实现开门红”40条实施意见等一系列政策举措，在全省率先成立线上线下高度融合的企业服务中心，努力厚植企业发展和人才创新的沃土。

设区以来，临平累计集中签约重大产业项目近 300 个，总投资超 1000 亿元；2023 年以来，全区市场主体总量增长 8.99%，增速喜人。

“五美”与共

推进高质量发展建设共同富裕示范区，是浙江承担的重大历史使命。临平区的设立与这项使命的确立接近同步，有关共同富裕的探索已融入发展基因。

两年多来，临平加快构建系统化推进格局，精心锻造“五大样板”，动员全区上下共同绘就产业美、生活美、人文美、生态美、治理美“五美”与共的临平共富图景。

既要做大“蛋糕”，又要同步分好“蛋糕”。发展是推动实现共同富裕的前提和基础。

临平坚持以高质量发展为主题，以三大产业平台为主力，以高端装备智造、生命健康、数字时尚三大产业为主导，全力做大经济“蛋糕”。同时着力分好“蛋糕”，2022 年公共财政安排民生支出占一般公共预算比重达 79.3%。

依托数字化改革，临平区推出“阳光青少年成长守护”应用，为全区近 15 万青少年提供政府、社会、家庭、学校、企业合力构建的全方位守护体系，将常态化体育锻炼和渗透式心理教育相结合，共同守护青少年身心健康。

此外，临平将城市提能与乡村振兴同步实施。坚持推动城乡融合、公共服务优质共享，探索平台、国有公司与经济相对薄弱村项目结对帮扶机制，实施农民住房解困工程，被评为省深化“千村示范、万村整治”工程建设新时代美丽乡村（农村人居环境提升）工作优胜县（市、区），成功列入全省新时代村级集体经济发展乡村集成改革试点。2022 年，临平全区村级集体经营性收入 7.34 亿元，同比增长 8.26%，村均达 616.8 万元，全面消除经营性收入 100 万元以下的相对薄弱村。城乡收入比由上年的 1.58：1 缩小至 1.55：1，处于全国最低行列。

以大运河为发展轴线，总长约 29 千米的“运河水乡”风貌区串联起沿线乡村，成为未来乡村共富引领带。“运河水乡”风貌区依托大运河沿线美丽底色、产业优势、乡土文化，以水乡风景、美丽田园、特色水果采摘、研学实践为特色，多村联动共建丁山湖、运河北片两大未来乡村共富联盟。学有优教、老有颐养、弱有众扶……临平坚持将生活富足和精神富有同等重视，一体推进“扩中”“提低”和文化建设。

中国江南水乡文化博物馆精彩亮相，亚运场馆临平体育中心实现惠民开放，大运河国家文化公园（临平段）、上塘河宋韵文化带加快建设……临平依托地标性文化空间，聚焦“小微”空间建设，58 个“15 分钟品质文化生活圈”先后建成并向群众开放，高效、便捷、优质、多元的公共文化服务触手可及，每万人公共文化设施面积达 4951 平方米，超出全省平均水平 34.9%。

推进共同富裕，打造品质城区，临平未来可期。

“一老一幼”总关情

千年台州府，满街文化人。古城临海，新生如画，画中老小更应当是体面从容的。

江南的冬天湿答答的，刚过下午5点，已经暮色四合。

一只欢快的小狗冲在前，后面是穿着红马甲、一路小跑的周芳。她老远冲着院子喊：“阿公阿婆，食堂吃饭了，今天有你们爱吃的带鱼！”

电视机里，越剧《五女拜寿》唱腔婉转，正到最精彩处。资深票友李文达正打着拍子，和声来唱：

除严党，去奸邪，万民同喜，

执法令，整朝纲，顾盼雄飞。

回府见，岳父母，躬身施礼——

…………

这段说的是，杨家冤案昭雪，适逢杨夫人六十寿期，众女婿又前来拜寿，杨老夫妇逐走寡廉鲜耻的大女婿。

“大快人心啊！”老李虽然听了无数遍，但到这里总是忍不住喝一声。

人到晚年，孩子不在身边，有时候会触景生情。

人未到，周芳的笑声先到。一掀帘子，进来了：“别唱了，快走吧！下午老梁还约你下棋呢！”

戴上帽子，围好围巾，老李拄着拐杖出门。

“灰灰，跟我走！”他吆喝的是刚才活蹦乱跳的小狗。

一边走着，一边跟周芳唠:“去老年食堂，就像去老邻居家一样方便，哪天刮风下雨天气差，还有党员代跑员帮忙送餐，好着哩！”

“是啊，您老就好好享福吧！”

千年台州府，满街文化人。古城临海，新生如画，画中老小更应当是体面从容的。

在临海，组织部门做了项创新，他们统筹整合政府、社会、市场、家庭等各方资源力量，突出适老化、专业化、智慧化特色，打造“府城·老邻舍”康养品牌。

这个体系内，就餐助餐、医疗康养、生活学习等多元养老服务场景均可实现，“老有所养、老有所医、老有所为、老有所学、老有所乐”，让每位老年人都能享受有保障、有质量、有活力的福寿康宁美好生活。

一张覆盖全市26万名老人的“红色助餐网”悄悄铺开。就餐地点以党群服务中心为主阵地，构建“城乡一体推进、市镇村三级联动”的格局。在模式上，坚持“公办公营”和“公办民营”相结合，打造“从田园到餐桌、从种子到筷子”的全产业链模式。

构建“网格化”中心配餐矩阵，建设占地1160平方米的老邻舍“中心厨房”，实施“1个中心厨房、激活6个助餐点、服务N位老人”的“1＋6＋N”配餐流程，严格实行“统一采购、统一制作、统一管理”模式，重点强化厨房、配送中心可视化助餐流程全监管，有效构建订餐、用餐、反馈闭环。

令李文达高兴的还有，已学会用智能手机的他，能用“老临家”浙里办应用，自动定位3千米内的助餐站点，通过开通“人脸识别”“无卡支付”等功能，实现点餐“手指一动，坐等配送”。

当地组织部门介绍，临海已建成21家镇级中心厨房、50家村级示范老年食堂，激活了162个村级助餐点，并吸纳680余名党员志愿者组建成“红色助餐代跑团”，以“一对多”模式每天定时定点为结对老人上门送餐，初步构建了“城市社区15分钟、乡镇村居30分钟”的助餐服务网络。

“老爸90多岁了，在这里养老不仅有三餐保证，还有专业医护，比我们子女自己照顾得都要好。”临海鹿城社区居民郑荷芳对家门口的“温暖之家”赞不绝口。

在临海，为了满足老年群体有所学、有所为、有所乐的需求，一个个“老邻学院”“弄堂舞台”“银龄团队”应运而生。

临海市探索建立了以兴趣组、公益队和志愿团等趣缘关系为架构的功能型党组织6个，并与老年大学开展党建联建，设立“老邻学院”，邀请离退休教师、社会组织成员、党员志愿者等担任特约教师，每月定期开设中华历史文化、健康养生、防骗反诈等6大类公益课堂。

同时，在“老邻舍”内设置可供下象棋、学书法、学舞蹈等活动使用的场地，成立乒乓球队、锣鼓队、秧歌队等老年文体队伍，常态化组织开展“小弄堂大舞台”活动，充分发挥“文化养老”作用，不断满足老年人的精神文化需求。

三代瓜农的“甜蜜事业”

作为外出瓜农的“娘家人”，黄岩区创新推出“瓜农天下”应用场景，为外出瓜农、种瓜基地提供信息指导、资源对接、服务保障等多元化服务，帮助瓜农避险增收，带动全国瓜农共同富裕。

普通“吃瓜群众”可能不知道的是，全国平均每 10 个精品大棚西瓜，就有 7 个是浙江黄岩人种的。40 多年前，一些有闯劲的农民带头，尝试外出种西瓜谋生。通过“夫妻西瓜棚”“老乡带老乡”，黄岩瓜农从省内到省外再到国外，队伍迅速壮大。后来，有 4.3 万名黄岩瓜农“追着太阳种西瓜”，年销售额超 50 亿元，带动各地 10 余万名农民就业创业。

然而，这份“甜蜜事业”也有重重风险。风餐露宿不说，选址不对、病害威胁、台风侵扰、资金链断裂、销售渠道不畅……任何一个环节的风险都足以让个体瓜农破产。

作为外出瓜农的“娘家人”，黄岩区创新推出“瓜农天下”应用场景，为外出瓜农、种瓜基地提供信息指导、资源对接、服务保障等多元化服务，帮助瓜农避险增收，带动全国瓜农共同富裕。

瓜农们说，西瓜虽甜，但种瓜人都是苦出来的。

位于黄岩西部山区的茅畲乡，生态环境优美，是长潭水库水源地保护区，但人均耕地面积不足 1 亩，增收门路狭窄。为破解困局，在老乡帮带和政府鼓励下，大批农民发展外出农业。

春节万家团圆，一大批瓜农从天津、陕西、河北、甘肃、海南等地返回黄岩。节后，他们带着资金和信息，又四散到全国各地。

在天津承包 500 亩瓜田的何智禹，春节前跑了趟银行。此前一两天，他已将身份证、承包合同等资料的扫描文件传给信贷员审核。在银行待了一杯茶的时间，230 万元的信用贷款到账。

他做的第二件事，就是到当地的瓜农协会，听听天南海北的同行们聊聊行情，说说收成，将一年的苦乐都抛到脑后。

办公室里烟雾缭绕，大多数人赚到了钱，几十万到数百万元不等，笑意在脸上荡漾。

大年初三，何智禹回到天津，采购农资，准备秧苗，开始新一年的忙碌。这是他跨省种瓜的第 12 个年头。2022 年，他种了 150 亩西瓜，收入 100 多万元。2023 年，他扩大了规模，承包了 500 亩。粗略统计，台州籍瓜农在天津承包的土地约有 3 万亩。

老婆在，父母也来帮忙，但人手远远不够。何智禹让老婆赶去贵州招工，目标是招 45 人。他自己则从老家黄岩招了几名技术工，工资开了每月 1.5 万到 2 万元。

如今，黄岩瓜农遍布全国 20 多个省（区、市），甚至远至缅甸、越南、尼日利亚、南非等国家和地区，西瓜种植面积 57 万余亩，是黄岩本土经济作物种植面积的 3 倍。

瓜农们说，西瓜虽甜，但种瓜人都是苦出来的。

20 世纪 80 年代，西瓜种植户牟森林的爷爷就已经跟随同乡在上海种瓜；2004 年，牟森林的父亲去了四川成都；如今，到他已经是“瓜三代”，他不仅和别人合伙种瓜，还卖起了西瓜种子。

每天起早贪黑，挖沟翻地；守着瓜田，风餐露宿；远离家乡，人地生疏；台风病害，欲哭无泪……这些都是瓜农之苦，尤其是夏天，大棚内温度能有四五十摄氏度，湿度也特别高，人一进去就有胸闷、呼吸不畅的压抑感。

丰收，是对勤劳者的褒奖。“种西瓜周期短、见效快，一般 6 到 8 个月就能获益，亩均收益七八千元。”黄岩区瓜农协会常务副会长胡才谦并不讳言种瓜的高收益。

哪些是瓜农最关心、最忧心的事？黄岩区梳理了瓜农需求清单，明确 4 大类 16 项具体需求。

种瓜得瓜，种豆得豆。但找不对方法，就会颗粒无收。

“种瓜最难的是选址，最怕的是天灾，最愁的是卖不掉。”何智禹说。以前老乡帮带，选址信息渠道单一，一旦选错产区，可能面临很大损失。此外，瓜农们线下办理金融贷款程序也复杂，异地还款也比较麻烦。作物有了病虫害，还时常求助无门。

作为瓜农的“娘家人”，黄岩区委、区政府积极协调，创设了“瓜农天下”应用场景，打造了一个现代化的外出农业服务体系，为瓜农和种瓜基地提供多元服务，推动避险增收，解决了瓜农们不少难点、痛点问题。

“瓜农天下”的基础是建立数据资源体系。黄岩区整合对接省市两级公共数据平台、农业农村原有系统、瓜农协会“帮农宝”等数据平台，形成瓜农基础信息、种植技术、土壤、市场行情、技术培训、病虫害信息等 6 大数据库，破解政府部门、行业协会、瓜农主体间信息不对称难题。目前，平台已整合 7 个部门、21 大类、67 个细项的有效信息，构建出一套瓜农“可用”“能用”“有用”的数据资源体系。

哪些是瓜农最关心、最忧心的事？黄岩区梳理了瓜农需求清单，明确 4 大类 16 项具体需求，对接政府部门、金融机构、行业协会、第三方服务机构等相关单位，为瓜农提供多元化服务。

走进黄岩灵华种子有限公司，工人们正在对瓜苗进行扦插作业。得益于“瓜农天下”应用场景，公司2023年接到的订单同比增加20%，达到600万株。总经理说，这些秧苗将发往福建、云南、贵州、成都、上海、江苏、天津等地。

对瓜农个体来说，他们既是大数据的受益者，也是参与者。胡才谦说，政府绘制的研判图，能让瓜农对行业有更精准的参考。通过外出瓜农分布、市场行情及预警、产业地图、选址推荐、瓜农画像等5张研判图，瓜农得以在选址、种植、销售、对接政府机构等方面更加便利。

比如，“智能选址”功能由中国科学院南京土壤研究所等机构提供数据，从积温、积雨、土质、pH值、气象灾害等多个维度对全国各地产区进行综合评级。此外，该功能还能够显示该产区租金预算、矛盾纠纷发生率、相关配套设施等参数，最终得出“选址推荐指数”，便于瓜农科学选址。“瓜农天下”还会定期更新土地流转信息，全国有哪些土地出租一目了然。

农资价格、销售行情、病害咨询……“瓜农天下”成为瓜农离不开的掌上应用。

2022年1月17日，在台州市黄岩区举行的外出瓜农政策性农业保险首单交接仪式上，人保财险的工作人员将首张保单交给黄岩瓜农协会，这也是黄岩区与云南勐海县共同开出的跨省政策性农业保险第一单。“每亩可以赔付4000元，有了这张保单，今年就踏实了。”这张保单，让瓜农叶赛敏吃了一颗“定心丸”。

农资价格、销售行情、病害咨询……“瓜农天下”成为瓜农离不开的掌上应用。该应用能实现农资购买“一站配送”，技术支持“一键到户”，品牌建设“一体推广”。

有一年，黄岩瓜农郑敏在内蒙古赤峰市遇到西瓜大棚租赁纠纷，通过平台维权快速通道申请援助后，黄岩区农业农村、司法、律师事务所等相关单位的人员迅速开展协调，提供定制化建议，稳妥化解了纠纷。

平台还整合司法、农业农村、市场监管等部门执法力量，以及行业协会法律专业力量，为外出瓜农提供土地合同、民事纠纷、劳动纠纷、农资买卖等日常可能涉及的事务的相关法律知识培训，提高外出瓜农的依法维权意识。瓜农在外遭遇法律纠纷时，可第一时间获得相关部门法律顾问的在线答复和法律指导，大大提高维权成功率。

“瓜农天下”的目标是打造全国大棚西瓜“产业大脑”。目前，该应用主要是服务性质，但最终希望能够实现平台自收自支，市场化运营。如平台提供的数据能够降低银行尽调成本，可探索通过向大型农资店开展团购活动，售卖化肥、种子、钢架、薄膜等物资的模式，实现多方获益。

坚持“大场景、小切口、快应用、大牵引”原则，“瓜农天下”场景有望打造成当地高质量发展推进共同富裕的重要成果。

“浙里捐赠”探路三次分配

上线的“一键捐赠”功能，可向捐赠人及时推送当前各慈善组织和公益平台的热点捐赠项目，并归集不同的捐赠渠道，形成捐赠超市，捐赠人可一键完成定向或非定向公益项目的捐赠。

捐赠金额12.2亿元、开具捐赠票据逾2万份、405万人次接受捐赠……这是“浙里捐赠”数字平台在浙江政务服务网、浙里办应用上线一个多月后，交出的慈善事业“成绩单”。

“浙里捐赠”由浙江省财政厅与浙江省税务局、浙江省民政厅联合推出。“通过数字化手段再造慈善流程，用第三次分配之手发展慈善事业，是浙江财政深度参与共同富裕示范区建设的重要一步。”浙江省财政厅主要负责人表示。

据介绍，“浙里捐赠”以财政捐赠票据为抓手，现已率先上线了“一键捐赠”“一秒开票”“一址查询”三个功能。浙江省内的企业、组织和个人可以一键完成定向或非定向公益项目的慈善捐赠、电子票据开具和相关政策查询。目前，支付宝公益、腾讯公益已相继接入，并实现捐赠后自动开票。

2022年5月底，温岭市慈善总会发起的“曙光行动共富基金”在“浙里捐赠”上架，该项目主要面向台州辖区内符合条件的因病致贫群众及困难学生。项目上架后，就陆续收到了来自各地的捐赠，该慈善组织负责人不禁赞叹“操作方便，过程透明，构建了开放性慈善体系”。

根据财政捐赠电子票据统计，2021 年浙江省慈善捐赠总额为 119.46 亿元。此前，公益平台、捐赠项目众多且分散，捐赠人捐赠后需通过电话或前往现场向慈善组织申请开票，无法及时了解捐赠善款的去向和效果，各个捐赠环节都不够便利。

嘉兴市民俞丽君登录“浙里捐赠”平台，向嘉兴市慈善总会发起的“大爱嘉兴 · 情暖社工”项目捐赠了 50 元，就立即收到了捐赠票据开具完成的信息通知。“‘浙里捐赠’为我们捐赠人打造了一个可信任的捐赠平台，操作很方便，且即时收到捐赠票据，让我非常有体验感。”俞丽君说。

此次上线的“一键捐赠”功能，可向捐赠人及时推送当前各慈善组织和公益平台的热点捐赠项目，并归集不同的捐赠渠道，形成捐赠超市，捐赠人可一键完成定向或非定向公益项目的捐赠。

“一秒开票”场景根据捐赠人的身份识别信息及时归集捐赠记录，可随时选择捐赠记录迅速开出捐赠电子票据。捐赠人可通过支付宝、腾讯公益平台捐赠相应的浙江慈善组织项目，在捐赠前选择开票，捐赠后就能同步收到捐赠票据和捐赠证书。

“一址查询”场景为捐赠人提供捐赠相关的最新财税政策和奖励政策查询功能，同时归集并公布财政部门根据有关法律法规设立的捐赠收入项目，切实发挥第三次分配对促进共同富裕的积极作用。

善款流向一直是社会公众关注的热点话题，也是制约慈善事业带动共同富裕的瓶颈。“浙里捐赠”基于浙江省互联互通政务“一朵云”重塑慈善捐赠流程，创新应用区块链技术，以捐赠项目为唯一标识，在捐赠项目备案、善款收取、善款使用等环节充分利用财政电子票据和税务电子发票集成数据，促进信息流、资金流、票据流“三流合一”，建立善款上链、过程存证、信息溯源的捐赠生态闭环，达到善款流向和项目进展的全过程透明及风险预警处置，自觉接受社会各界监督。

据介绍，“浙里捐赠”的成功推行，离不开近年来财税体制机制改革。

财政、税务、民政、慈善组织、政策激励部门等协同推动跨部门信息共享和协同办理，形成“慈善组织可登记、开票资格可认定、开票项目可确认、捐赠渠道可选择、捐赠票据可取验、捐赠抵扣可推送、善款去向可追踪、捐赠积分可累计、慈善行为可激励、慈善组织可褒奖、监督管理可落地”的全闭环生态系统，激发慈善捐赠的社会合力。

慈善组织经登记认定后，可同步认定非营利组织免税资格和公益性捐赠税前扣除资格，改变以往要另行提供材料认定非营利组织免税资格和公益性捐赠税前扣除资格的做法。以民政部门的慈善项目备案名作为捐赠票据的开票项目名，改变以往慈善组织根据要求分开申请、分别提供材料，由民政和财政部门各自审定，可能出现同样的内容项目备案名与开票项目名不统一的现象。

“下一步，我们将全方位完善与共同富裕示范区建设相适应的慈善政策体系。”“浙里捐赠”数字平台运行负责人表示，穿透式落实慈善信托公益性捐赠财税政策、设立省级慈善事业引导资金、制定公益事业捐赠电子票据管理细则、建立慈善捐赠“一码通”数据共享地方标准、完善慈善褒奖制度等省级层面地方先行类政策将在后续相继出台。

目前，另外五大核心应用场景“一指抵税、一窗公开、一榜表彰、一屏智报、一站认定”逐步上线“浙里捐赠”，有序接入浙江全省慈善组织、互联网募捐信息平台。浙江将不断在财政捐赠“小切口”带动共同富裕示范区建设上寻求新突破。

“幸福邻里坊”巧破心墙

因为解决了很多居民的实际需求，红梅社区“幸福邻里坊”运行半年间，人气越来越旺。不管老人、小孩还是年轻人，都能在这里找到自己的乐趣。

在一些人眼中，农村是左邻右舍有来有往的熟人社会，城市是大门紧闭白首如新的陌生人社会。随着城市化进程的推进，人们曾对邻里关系的变化，发出阵阵唏嘘。

时光流转，这种变化一直在延续：空心化的农村人烟稀少，社会关系淡化，逐渐告别温情脉脉的熟人社会。而在人口越发集聚的城市，人们生活在钢筋混凝土浇筑的高楼丛林中，渴望着一份温情。

探路共同富裕，城区老百姓的获得感，或许就来自打破邻里之间的各种“隐形墙”。

上城区是杭州市中心城区，街区功能空间相对固化，百姓生活方式也有成熟模式。对于有杭州“首善之区”美誉的上城区而言，探索充实共同富裕图景中的都市生活篇章，是一道必答题。

上城区对共同富裕的理解有三重：是物质富裕和精神富有的全面共富，是从城市核心到城郊农村的全域共富，是从 CBD（中心商务区）城市精英到孤寡失能特殊人群人人有感的共富实践。

2022 年，上城区全面推进“幸福邻里坊”建设，以此为载体，让市民在共同富裕建设中有获得感。

“幸福邻里坊”是什么？

它是面向服务基层群众“最后一纳米”延伸到社区的服务综合体。上城区以社区居民生活为出发点，构建了步行 10 分钟可达的“十分优享”服务圈层，在“家门口”守护百姓幸福生活。

“幸福邻里坊”有什么?

它以集成化方式提供高品质、接地气、群众最需要的服务：以党建统领整合资源力量，打造标识标牌、服务供给、管理运行、服务评价等整套系统，通过“共享厅”“百通岗”“议事坊”集成基础功能，提供托育、颐养、健身、康复、“小饭桌”、“小修理”、“小剧场”、“小书房”等场景服务。

“幸福邻里坊”怎么建?

统一设置品牌 Logo，按照社区居民所需定制功能，一站享用。以数字化改革提供优质化的服务，通过老百姓身边的“小切口”来实现幸福感的大提升，试点先行，全域覆盖。

下午 4 点，李女士带着 4 岁半的孩子，走进上城区红梅社区“幸福邻里坊”。每天，这里都有读书会活动，一名老师带着一二十个孩子学读绘本。

活动结束后临近饭点，一楼的邻里餐厅飘出饭菜香。李女士走进餐厅，选了四菜一汤，只花了不到 20 元钱，还省下了自己烧菜洗碗的力气。

2022 年 5 月，红梅社区“幸福邻里坊”民生服务综合体亮相，一幢 5 层高、4300 平方米大的楼，涵盖了托育、颐养、健身、康复等民生服务功能。如今，红梅社区“幸福邻里坊”的每场活动、每顿餐食基本都座无虚席。

除了居民们茶余饭后过来坐坐，聊聊天、参加活动、调解纠纷，这里还成了一些老人常住的家。

“幸福邻里坊”三楼有 33 张托养床位，能为社区里的老人提供日间照料、短期托育和长期托育服务。每个房间配有独立卫生间，楼层内还有集中的观影区、客厅、活动室，为老人提供丰富的日常生活选择。

因为解决了很多居民的实际需求，红梅社区“幸福邻里坊”运行半年间，人气越来越旺。不管老人、小孩还是年轻人，都能在这里找到自己的乐趣。

老人们在一楼邻里客厅找到归属感；白领们爱来四楼健身房打卡；每天放学后，周边学校的孩子也爱到阅览室看书、写作业。

有了这个公共空间，邻里之间接触的机会多了，心里那堵墙自然而然在消解。

上城区钱塘社区0—8岁的儿童约有2000人，60岁以上老人约有1500人，占全社区人口的20%，还有200多名外籍居民。

作为杭州市首批国际化示范社区之一，这里的“幸福邻里坊”就着眼于让不同年龄、不同文化背景的人群和谐交融，使居住在这里的人生活充满幸福感。

在“幸福邻里坊”建设过程中，社区把居民所盼所需作为重要标尺，除了聚焦“一老一小”延伸嵌入式配套功能，还积极邀请外籍居民参加各项邻里活动，感受中国传统文化。

金融活水“支农支小”

共同富裕示范区建设进程中，浙江一些金融机构扎实开展工作，以“烧饼贷”“民宿贷”“地摊贷”“云商贷”等产品有力支农助富。

缙云烧饼，以面粉、鲜猪肉和霉干菜为主要原料，制成饼坯，再经烧饼桶炭火烘烤制成。

相传轩辕黄帝在缙云仙都石笋上修炼，以山泉和面，揉成团贴在丹炉内烤，烤出的饼色泽金黄，香飘四野。当地百姓闻香而动，以竹木为外桶、窑土为内壁，仿效轩辕仙鼎制成土鼎，食土鼎烧出之物，以求长生不老、消灾避邪。

一张特色烧饼，一方百姓生计。

从“路边摊”走向“品牌店”，从“小县城”迈进“大都市”，从“谋生技”转为“致富经”，缙云人引以为傲的“乡愁产业”，推动老百姓创造美好生活。

烧饼兴，百业兴。缙云烧饼的生产、供应等环节已形成了一条完整产业链，带动了周边4万多名农民共同致富。

资本是推动经济发展的基本要素，金融则是涵育产业生发的源头活水。

浙江探路共同富裕，注重发挥各类金融机构作用，引导资本沉到乡村，发挥撬动作用。

孩子到省会上大学，陈良德夫妻俩也跟着来到杭州，目标是给儿子在城里买套房。

过去十几年，做烧饼一直是他们赖以谋生的手艺。从农村到县城，孩子到哪读书，他们的烧饼摊就开到哪。随着缙云烧饼名气越来越大，他们在缙云县城的烧饼摊也越来越赚钱，一家人在县城买了房子。

此番到杭州，一套房动辄三五百万元，陈良德有压力，也有信心。

凭借十几次改换摆摊地点的直觉，他认为缙云烧饼在杭州有生存之地。

但有两个关键：一是规模上，要从路边摊发展到固定门店；二是产品上，要从单一的烧饼拓展到多种缙云土特产，把店面陈列丰富起来，还要研究外卖这条路能不能行得通。

问题出现了：中心城区一间十几平方米的临街店面，月租金要两三万元，地铁口附近店面更贵；搭配售卖其他产品，不仅需要一笔启动资金，还要增加人手。

"这笔钱凑一凑也能拿出来，但还是能贷款更好！"陈良德说，烧饼店的生意细水长流，只要做烧饼的技术过硬，肯定能赚钱。但这需要一定的时间积累，银行贷款恰恰能帮到忙。

在缙云，"烧饼贷"已经形成成熟模式，是助力当地做好土特产文章的重要手段。

作为扎根缙云的本土银行，缙云农商银行与当地农业农村局、缙云烧饼品牌建设领导小组及其办公室合作，梳理烧饼产业链上下游客户，为县内烧饼产业经营者和缙云籍在外创业者提供批量授信模式服务。

结合创业者"蚂蚁雄兵"的特点，银行大力推进结算业务线上办，为烧饼产业链里的小微企业和个体工商户提供企业网银、丰收企业管家和银企直连等结算渠道，有效提升资金结算效率。

兼顾产业链上下游，缙云农商银行创新推出"烧饼贷""五彩农业贷"等信贷产品，持续加大对烧饼经营、蔬菜种植、小麦种植、生猪养殖、霉干菜销售等群体创新创业的扶持力度。

两个工作日，陈良德就贷到一笔20万元的"烧饼贷"。视店面进展情况，他还可以选择续贷、扩贷。

2022年，缙云农商银行累计支持烧饼产业从业人员达2200户，发放信贷资金达2.5亿元。

2022年中央农村工作会议强调，产业振兴是乡村振兴的重中之重，要落实产业帮扶政策，做好“土特产”文章。

共同富裕示范区建设进程中，浙江一些金融机构扎实开展工作，以“烧饼贷”“民宿贷”“地摊贷”“云商贷”等产品有力支农助富。

从宁波市北仑区城区出发，驱车20分钟，就能到达“花木之乡”——柴桥街道。柴桥东临白峰，南接春晓，西连霞浦、大碶，北隔穿山港与大榭岛有大桥贯通。

“80后”於贤涛的花田就位于柴桥街道河头村，他从事花木种植行业已有13年时间，苗圃规模不小。

2016年，於贤涛开始考虑二次创业问题，但苦于缺乏资金支持。了解情况后，北仑农商银行联合有关部门，为北仑区青年绿色农创客联盟成员创新推出金融产品“创客e贷”，以优惠利率支持区内投身现代农业产业领域、带领群众增收致富的“80后”创业青年，业务范围包括花木等农业产业。

作为“创客e贷”的首位尝鲜者，於贤涛很清楚，如果没有信贷支持，他的绿色创业梦不会实现得如此顺利。

在山区26县，浙江农商银行坚持资金来自当地、用在当地，坚持支农支小、服务实体，率先在全国实施普惠金融工程，连续15年开展“走千家、访万户、共成长”活动，基本构建起“基础金融不出村、综合金融不出镇”的服务体系。

目前在浙江，平均每5家企业就有1家是农信社的客户，农信社承担了全省25%的小微企业贷款、50%的农户贷款、75%的农民专业合作社贷款和绝大多数的低收入农户贷款业务。

作为服务小微、践行普惠的特色银行，泰隆银行将乡村作为主阵地之一，在助力乡村振兴中拓展自身发展空间。

2022 年，泰隆银行全面实施“沃土计划”，充分发挥 400 多个网点下沉乡镇（社区）的优势。上万名一线员工组成了一支支移动的金融服务队走村串户，步履覆盖了 3885 个村，涉农贷款户数 32 万户，贷款规模近 1200 亿元，让一大批信用好、善经营的农民群体享受到了普惠金融的服务。

截至 2023 年 6 月，中国农业银行浙江省分行乡村产业贷款规模达到 2200 亿元，乡村建设贷款规模达到 2300 亿元，遥遥领先可比同业，居全国农行系统首位。

在绍兴诸暨枫源村，农行推出“基础金融不出村，综合金融不出镇，金融矛盾不上交，金融风险就地化解”的普惠金融发展模式，为当地村民致富提供金融助力。

为更好帮助浙江山区 26 县之一的淳安县推动农产品出山，农行杭州分行专门推出“共富礼包”，协助结对村落地共富攻坚项目，联合打造农产品展示馆。

除了贷款融资，浙江农行参与共同富裕建设还有多种方式。近几年，浙江农行探索在乡村建设“爱心书屋”，陆续在 8 所杭州县域中小学设立公益图书角，捐赠各类书籍 5000 余册。

2014 年至 2022 年，浙江农行累计派出 1800 多名干部、员工，到浙江 300 多个乡镇挂职，融资和“融智”相结合，有力推动当地经济社会发展。

中国大运河杭州西湖文化广场段（来顺兴 摄）

代后记

在推进中国式现代化中求解共同富裕共性难题

中国式现代化，是我们强国建设、民族复兴的康庄大道，也是中国谋求人类进步、世界大同的必由之路。实现全体人民共同富裕，是中国式现代化的题中之义。

习近平总书记指出，实现共同富裕，不仅是经济问题，而且是关系党的执政基础的重大政治问题。我们决不能允许贫富差距越来越大、穷者愈穷富者愈富，决不能在富的人和穷的人之间出现一道不可逾越的鸿沟。

一方面，切实解决共同富裕问题，必须不断创造和积累社会财富，在做大做好“蛋糕”的基础上，通过合理的制度安排把“蛋糕”切好、分好。必须形成人人享有的合理分配格局，处理好分配领域里的效率和公平的关系问题，建设体现效率、促进公平的收入分配体系，使收入分配调节既能够分好“蛋糕”，又有利于进一步做大“蛋糕”。必须建立科学的公共政策体系，加强基础性、普惠性、兜底性民生保障建设。

另一方面，我们要实现 14 亿人共同富裕，必须脚踏实地、久久为功。不是所有人都同时富裕，也不是所有地区同时达到一个富裕水准。不同人群不仅实现富裕的程度有高有低，时间上也会有先有后，不同地区富裕程度还会存在一定差异，不可能齐头并进。这是一个在动态中向前发展的过程，要持续推动，不断取得成效。

扎实推进共同富裕要把握一些原则：鼓励勤劳创新致富，坚持基本经济制度，尽力而为量力而行，坚持循序渐进。其中，勤劳致富是前提，基本经济制度是根本，尽力而为量力而行、循序渐进是方法。实现共同富裕要有耐心，要尊重规律、提高实效。把保障和改善民生建立在经济发展和财力可持续的基础之上，重点加强基础性、普惠性、兜底性民生保障建设。要坚持循序渐进，对长期性、艰巨性、复杂性要有充分估计，鼓励各地因地制宜探索有效路径。

对承担共同富裕示范区建设使命的浙江而言,既要敢于勇闯“无人区”，更要在“摸着石头过河”中找到切实可行的方法论，用源源不断的“浙江案例”“浙江素材”“浙江经验”丰富和发展共同富裕的理论内涵、实践范例，蹚出一条促进全体人民共同富裕的浙江路径。在推进中国式现代化中求解共同富裕共性难题，以实干实效生动展示中国式现代化的生动图景。

嘉兴南湖红船（盛建生 摄）

附章

重要文件

中共中央 国务院
关于支持浙江高质量发展建设共同富裕示范区的意见

（2021 年 5 月 20 日）

共同富裕是社会主义的本质要求，是人民群众的共同期盼。改革开放以来，通过允许一部分人、一部分地区先富起来，先富带后富，极大解放和发展了社会生产力，人民生活水平不断提高。党的十八大以来，以习近平同志为核心的党中央不忘初心、牢记使命，团结带领全党全国各族人民，始终朝着实现共同富裕的目标不懈努力，全面建成小康社会取得伟大历史性成就，特别是决战脱贫攻坚取得全面胜利，困扰中华民族几千年的绝对贫困问题得到历史性解决，为新发展阶段推动共同富裕奠定了坚实基础。

党的十九届五中全会对扎实推动共同富裕作出重大战略部署。实现共同富裕不仅是经济问题，而且是关系党的执政基础的重大政治问题。共同富裕具有鲜明的时代特征和中国特色，是全体人民通过辛勤劳动和相互帮助，普遍达到生活富裕富足、精神自信自强、环境宜居宜业、社会和谐和睦、公共服务普及普惠，实现人的全面发展和社会全面进步，共享改革发展成果和幸福美好生活。随着我国开启全面建设社会主义现代化国家新征程，必须把促进全体人民共同富裕摆在更加重要的位置，向着这个目标更加积极有为地进行努力，让人民群众真真切切感受到共同富裕看得见、摸得着、真实可感。

当前，我国发展不平衡不充分问题仍然突出，城乡区域发展和收入分配差距较大，各地区推动共同富裕的基础和条件不尽相同。促进全体人民共同富裕是一项长期艰巨的任务，需要选取部分地区先行先试、作出示范。浙江省在探索解决发展不平衡不充分问题方面取得了明显成效，具备开展共同富裕示范区建设的基础和优势，也存在一些短板弱项，具有广阔的优化空间和发展潜力。支持浙江高质量发展建设共同富裕示范区，有利于通过实践进一步丰富共同富裕的思想内涵，有利于探索破解新时代社会主要矛盾的有效途径，有利于为全国推动共同富裕提供省域范例，有利于打造新时代全面展示中国特色社会主义制度优越性的重要窗口。现就支持浙江高质量发展建设共同富裕示范区提出如下意见。

一、总体要求

（一）指导思想。以习近平新时代中国特色社会主义思想为指导，深入贯彻党的十九大和十九届二中、三中、四中、五中全会精神，全面贯彻落实习近平总书记关于浙江工作的重要指示批示精神，坚持稳中求进工作总基调，坚持以人民为中心的发展思想，立足新发展阶段、贯彻新发展理念、构建新发展格局，紧扣推动共同富裕和促进人的全面发展，坚持以满足人民日益增长的美好生活需要为根本目的，以改革创新为根本动力，以解决地区差距、城乡差距、收入差距问题为主攻方向，更加注重向农村、基层、相对欠发达地区倾斜，向困难群众倾斜，支持浙江创造性贯彻“八八战略”，在高质量发展中扎实推动共同富裕，着力在完善收入分配制度、统筹城乡区域发展、发展社会主义先进文化、促进人与自然和谐共生、创新社会治理等方面先行示范，构建推动共同富裕的体制机制，着力激发人民群众积极性、主动性、创造性，促进社会公平，增进民生福祉，不断增强人民群众的获得感、幸福感、安全感和认同感，为实现共同富裕提供浙江示范。

（二）工作原则

——坚持党的全面领导。坚定维护党中央权威和集中统一领导，充分发挥党总揽全局、协调各方的领导核心作用，坚持和完善中国特色社会主义制度，把党的政治优势和制度优势转化为推动共同富裕示范区建设、广泛凝聚各方共识的强大动力和坚强保障。

——坚持以人民为中心。坚持发展为了人民、发展依靠人民、发展成果由人民共享，始终把人民对美好生活的向往作为推动共同富裕的奋斗目标，瞄准人民群众所忧所急所盼，在更高水平上实现幼有所育、学有所教、劳有所得、病有所医、老有所养、住有所居、弱有所扶。

——坚持共建共享。弘扬勤劳致富精神，鼓励劳动者通过诚实劳动、辛勤劳动、创新创业实现增收致富，不断提高劳动生产率和全要素生产率。充分发挥市场在资源配置中的决定性作用，更好发挥政府作用，体现效率、促进公平，坚决防止两极分化，在发展中补齐民生短板，让发展成果更多更公平惠及人民群众。

——坚持改革创新。坚定不移推进改革，推动有利于共同富裕的体制机制不断取得新突破，着力破除制约高质量发展高品质生活的体制机制障碍，强化有利于调动全社会积极性的重大改革开放举措。坚持创新在现代化建设全局中的核心地位，深入实施创新驱动发展战略，率先在推动共同富裕方面实现理论创新、实践创新、制度创新、文化创新。

——坚持系统观念。立足当前、着眼长远，统筹考虑需要和可能，按照经济社会发展规律循序渐进，脚踏实地、久久为功，不吊高胃口、不搞“过头事”，尽力而为、量力而行，注重防范化解重大风险，使示范区建设与经济发展阶段相适应、与现代化建设进程相协调，不断形成推动共同富裕的阶段性标志性成果。

（三）战略定位

——高质量发展高品质生活先行区。率先探索实现高质量发展的有效路径，促进城乡居民收入增长与经济增长更加协调，构建产业升级与消费升级协调共进、经济结构与社会结构优化互促的良性循环，更好满足人民群众品质化、多样化的生活需求，富民、惠民、安民走在全国前列。

——城乡区域协调发展引领区。坚持城乡融合、陆海统筹、山海互济，形成主体功能明显、优势互补、高质量发展的国土空间开发保护新格局，健全城乡一体、区域协调发展体制机制，加快基本公共服务均等化，率先探索实现城乡区域协调发展的路径。

——收入分配制度改革试验区。坚持按劳分配为主体、多种分配方式并存，着重保护劳动所得，完善要素参与分配政策制度，在不断提高城乡居民收入水平的同时，缩小收入分配差距，率先在优化收入分配格局上取得积极进展。

——文明和谐美丽家园展示区。加强精神文明建设，推动生态文明建设先行示范，打造以社会主义核心价值观为引领、传承中华优秀文化、体现时代精神、具有江南特色的文化强省，实现国民素质和社会文明程度明显提高、团结互助友爱蔚然成风、经济社会发展全面绿色转型，成为人民精神生活丰富、社会文明进步、人与自然和谐共生的幸福美好家园。

（四）发展目标

到 2025 年，浙江省推动高质量发展建设共同富裕示范区取得明显实质性进展。经济发展质量效益明显提高，人均地区生产总值达到中等发达经济体水平，基本公共服务实现均等化；城乡区域发展差距、城乡居民收入和生活水平差距持续缩小，低收入群体增收能力和社会福利水平明显提升，以中等收入群体为主体的橄榄型社会结构基本形成，全省居民生活品质迈上新台阶；国民素质和社会文明程度达到新高度，美丽浙江建设取得新成效，治理能力明显提升，人民生活更加美好；推动共同富裕的体制机制和政策框架基本建立，形成一批可复制可推广的成功经验。

到 2035 年，浙江省高质量发展取得更大成就，基本实现共同富裕。人均地区生产总值和城乡居民收入争取达到发达经济体水平，城乡区域协调发展程度更高，收入和财富分配格局更加优化，法治浙江、平安浙江建设达到更高水平，治理体系和治理能力现代化水平明显提高，物质文明、政治文明、精神文明、社会文明、生态文明全面提升，共同富裕的制度体系更加完善。

二、提高发展质量效益，夯实共同富裕的物质基础

（五）大力提升自主创新能力。以创新型省份建设为抓手，把科技自立自强作为战略支撑，加快探索社会主义市场经济条件下新型举国体制开展科技创新的浙江路径。实施好关键核心技术攻关工程，强化国家战略科技力量，为率先实现共同富裕提供强劲内生动力。支持布局重大科技基础设施和平台，建设创新策源地，打造“互联网＋”、生命健康、新材料科创高地。高水平建设杭州、宁波温州国家自主创新示范区，深化国家数字经济创新发展试验区建设，强化“云上浙江”和数字强省基础支撑，探索消除数字鸿沟的有效路径，保障不同群体更好共享数字红利。畅通创新要素向企业集聚通道，鼓励企业组建创新联合体和知识产权联盟，建设共性技术平台。加大对科技成果应用和产业化的政策支持力度，打造辐射全国、链接全球的技术交易平台。

（六）塑造产业竞争新优势。巩固壮大实体经济根基，夯实共同富裕的产业基础。加快推进产业转型升级，大力推动企业设备更新和技术改造，推动传统产业高端化、智能化、绿色化发展，做优做强战略性新兴产业和未来产业，培育若干世界级先进制造业集群，打响“浙江制造”品牌。促进中小微企业专精特新发展，提升创新能力和专业化水平。推动农村一二三产业融合发展，建设农业现代化示范区，做精农业特色优势产业和都市农业，发展智慧农业。加快服务业数字化、标准化、品牌化发展，推动现代服务业同先进制造业、现代农业深度融合。畅通金融服务实体经济渠道。

（七）提升经济循环效率。落实构建新发展格局要求，贯通生产、分配、

流通、消费各环节，在率先实现共同富裕进程中畅通经济良性循环。深化供给侧结构性改革，扩大优质产品和服务消费供给，加快线上线下消费双向深度融合。支持适销对路的优质外贸产品拓宽内销渠道。加快构建现代流通体系，推动海港、陆港、空港、信息港“四港”联动。统筹推进浙江自由贸易试验区各片区联动发展，开展首创性和差别化改革探索。畅通城乡区域经济循环，破除制约城乡区域要素平等交换、双向流动的体制机制障碍，促进城乡一体化、区域协调发展。支持浙江发挥好各地区比较优势，加强大湾区大花园大通道大都市区建设。更加主动对接上海、江苏、安徽，更好融入长三角一体化发展。加快建设“一带一路”重要枢纽，大力发展数字贸易、服务贸易，发展更高水平开放型经济。

（八）激发各类市场主体活力。推动有效市场和有为政府更好结合，培育更加活跃更有创造力的市场主体，壮大共同富裕根基。高水平推动浙江杭州区域性国资国企综合改革试验，完善国有资产监管体制，规范有序开展混合所有制改革，做强做优做大国有资本和国有企业，充分发挥国有经济战略支撑作用。完善产权保护制度，构建亲清政商关系，促进非公有制经济健康发展和非公有制经济人士健康成长，破除制约民营企业发展的各种壁垒，完善促进中小微企业和个体工商户发展的法律环境和政策体系，建立企业减负长效机制。加快建设高标准市场体系，持续优化市场化法治化国际化营商环境，实施统一的市场准入负面清单制度。坚持发展和规范并重，建立健全平台经济治理体系，督促平台企业承担质量和安全保障等责任，推动平台经济为高质量发展和高品质生活服务。加大反垄断和反不正当竞争执法司法力度，提升监管能力和水平，实现事前事中事后全链条监管，防止资本无序扩张。

三、深化收入分配制度改革，多渠道增加城乡居民收入

（九）推动实现更加充分更高质量就业。强化就业优先政策，坚持经

济发展就业导向，扩大就业容量，提升就业质量，促进充分就业。支持和规范发展新就业形态，完善促进创业带动就业、多渠道灵活就业的保障制度。统筹各类职业技能培训资金，合理安排就业补助资金，健全统筹城乡的就业公共服务体系。鼓励返乡入乡创业。完善重点群体就业支持体系，帮扶困难人员就业。创造公平就业环境，率先消除户籍、地域、身份、性别等影响就业的制度障碍，深化构建和谐劳动关系，推动劳动者通过辛勤劳动提高生活品质。

（十）不断提高人民收入水平。优化政府、企业、居民之间分配格局，支持企业通过提质增效拓展从业人员增收空间，合理提高劳动报酬及其在初次分配中的比重。健全工资合理增长机制，完善企业薪酬调查和信息发布制度，合理调整最低工资标准，落实带薪休假制度。完善创新要素参与分配机制，支持浙江加快探索知识、技术、管理、数据等要素价值的实现形式。拓宽城乡居民财产性收入渠道，探索通过土地、资本等要素使用权、收益权增加中低收入群体要素收入。丰富居民可投资金融产品，完善上市公司分红制度。鼓励企业开展员工持股计划。深入推进农村集体产权制度改革，巩固提升农村集体经济，探索股权流转、抵押和跨社参股等农村集体资产股份权能实现新形式。立足当地特色资源推动乡村产业发展壮大，完善利益联结机制，让农民更多分享产业增值收益。支持浙江率先建立集体经营性建设用地入市增值收益分配机制。

（十一）扩大中等收入群体。实施扩大中等收入群体行动计划，激发技能人才、科研人员、小微创业者、高素质农民等重点群体活力。加大人力资本投入力度，健全面向劳动者的终身职业技能培训制度，实施新时代浙江工匠培育工程，加快构建产教训融合、政企社协同、育选用贯通的技术技能人才培养培训体系，完善技能人才薪酬分配政策，拓宽技术工人上升通道。对有劳动能力的低收入群体，坚持开发式帮扶，提高内生发展能力，着力发展产业使其积极参与就业。拓展基层发展空间，保障不同群体发展机会公平，推动更多低收入群体迈入中等收入群体行列。规范招考选拔聘用制度，完善评价激励机制。完善党政机关、企事业单位和社会各方面人才顺畅流动的制度体系。实行更加开放的人才政策，激发人才创新活力。

（十二）完善再分配制度。支持浙江在调节收入分配上主动作为，加大省对市县转移支付等调节力度和精准性，合理调节过高收入。依法严厉惩治贪污腐败，继续遏制以权力、行政垄断等非市场因素获取收入，取缔非法收入。优化财政支出结构，加大保障和改善民生力度，建立健全改善城乡低收入群体等困难人员生活的政策体系和长效机制。

（十三）建立健全回报社会的激励机制。鼓励引导高收入群体和企业家向上向善、关爱社会，增强社会责任意识，积极参与和兴办社会公益事业。充分发挥第三次分配作用，发展慈善事业，完善有利于慈善组织持续健康发展的体制机制，畅通社会各方面参与慈善和社会救助的渠道。探索各类新型捐赠方式，鼓励设立慈善信托。加强对慈善组织和活动的监督管理，提高公信力和透明度。落实公益性捐赠税收优惠政策，完善慈善褒奖制度。

四、缩小城乡区域发展差距，实现公共服务优质共享

（十四）率先实现基本公共服务均等化。推进城乡区域基本公共服务更加普惠均等可及，稳步提高保障标准和服务水平。推动义务教育优质均衡发展，建成覆盖城乡的学前教育公共服务体系，探索建立覆盖全省中小学的新时代城乡教育共同体，共享“互联网＋教育”优质内容，探索终身学习型社会的浙江示范，提高人口平均受教育年限和综合能力素质。深入实施健康浙江行动，加快建设强大的公共卫生体系，深化县域医共体和城市医联体建设，推动优质医疗资源均衡布局。积极应对人口老龄化，提高优生优育服务水平，大力发展普惠托育服务体系，加快建设居家社区机构相协调、医养康养相结合的养老服务体系，发展普惠型养老服务和互助性

养老。健全全民健身公共服务体系。

（十五）率先实现城乡一体化发展。高质量创建乡村振兴示范省，推动新型城镇化与乡村振兴全面对接，深入探索破解城乡二元结构、缩小城乡差距、健全城乡融合发展的体制机制。推动实现城乡交通、供水、电网、通信、燃气等基础设施同规同网。推进以人为核心的新型城镇化，健全农业转移人口市民化长效机制，探索建立人地钱挂钩、以人定地、钱随人走制度，切实保障农民工随迁子女平等接受义务教育，逐步实现随迁子女入学待遇同城化。促进大中小城市与小城镇协调发展。推进以县城为重要载体的城镇化建设，推进空间布局、产业发展、基础设施等县域统筹，赋予县级更多资源整合使用的自主权。以深化“千村示范、万村整治”工程牵引新时代乡村建设。

（十六）持续改善城乡居民居住条件。坚持房子是用来住的、不是用来炒的定位，完善住房市场体系和住房保障体系，确保实现人民群众住有所居。针对新市民、低收入困难群众等重点群体，有效增加保障性住房供给。对房价比较高、流动人口多的城市，土地供应向租赁住房建设倾斜，探索利用集体建设用地和企事业单位自有闲置土地建设租赁住房，扩大保障性租赁住房供给，加快完善长租房政策，使租购住房在享受公共服务上具有同等权利。全面推进城镇老旧小区改造和社区建设，提升农房建设质量，加强农村危房改造，探索建立农村低收入人口基本住房安全保障机制，塑造江南韵、古镇味、现代风的新江南水乡风貌，提升城乡宜居水平。

（十七）织密扎牢社会保障网。完善社会保障制度，加快实现法定人员全覆盖，建立统一的社保公共服务平台，实现社保事项便捷“一网通办”。健全多层次、多支柱养老保险体系，大力发展企业年金、职业年金、个人储蓄型养老保险和商业养老保险。规范执行全国统一的社保费率标准。推动基本医疗保险、失业保险、工伤保险省级统筹。健全重大疾病医疗保险制度。做好长期护理保险制度试点工作，积极发展商业医疗保险。健全灵活就业人员社保制度。健全统一的城乡低收入群体精准识别机制，完善分层分类、城乡统筹的社会救助体系，加强城乡居民社会保险与社会救助制度的衔接，按困难类型分类分档及时给予专项救助、临时救助，切实兜住因病、因灾致贫等困难群众基本生活底线。保障妇女儿童合法权益，完善帮扶残疾人、孤儿等社会福利制度。

（十八）完善先富带后富的帮扶机制。加快推进省以下财政事权和支出责任划分改革，加大向重点生态功能区的转移支付力度。强化陆海统筹，升级山海协作工程，挖掘海域和山区两翼的潜力优势，支持一批重点生态功能区县增强内生发展能力和实力，带动山区群众增收致富。全域参与海洋经济发展，建设海洋强省。探索建立先富帮后富、推动共同富裕的目标体系、工作体系、政策体系、评估体系。深入实施东西部协作和对口支援，持续推进智力支援、产业支援、民生改善、文化教育支援，加强对省外欠发达地区帮扶，大力推进产业合作、消费帮扶和劳务协作，探索共建园区、飞地经济等利益共享模式。完善社会力量参与帮扶的长效机制。

五、打造新时代文化高地，丰富人民精神文化生活

（十九）提高社会文明程度。推动学习贯彻习近平新时代中国特色社会主义思想走深走心走实，实现理想信念教育常态化制度化。坚持以社会主义核心价值观为引领，加强爱国主义、集体主义、社会主义教育，厚植勤劳致富、共同富裕的文化氛围。推进公民道德建设，支持培育“最美浙江人”等品牌。扎实推进新时代文明实践中心建设，深入实施文明创建工程，打造精神文明高地。完善覆盖全省的现代公共文化服务体系，提高城乡基本公共文化服务均等化水平，深入创新实施文化惠民工程，优化基层公共文化服务网络。弘扬诚信文化，推进诚信建设，营造人与人之间互帮互助、和睦友好的社会风尚。加强家庭家教家风建设，健全志愿服务体系，广泛开展志愿服务关爱行动。

（二十）传承弘扬中华优秀传统文化、革命文化、社会主义先进文化。传承弘扬中华优秀传统文化，充分挖掘浙江文化优势，深入推进大运河国家文化公园、大运河文化带建设，振兴非遗记忆。传承红色基因，大力弘扬革命文化，提升爱国主义教育基地建设水平。实施重大文化设施建设工程，打造具有国际影响力的影视文化创新中心和数字文化产业集群，提供更多优秀文艺作品、优秀文化产品和优质旅游产品，更好满足人民群众文化需求。

六、践行“绿水青山就是金山银山”理念，打造美丽宜居的生活环境

（二十一）高水平建设美丽浙江。支持浙江开展国家生态文明试验区建设，绘好新时代“富春山居图”。强化国土空间规划和用途管控，优化省域空间布局，落实生态保护、基本农田、城镇开发等空间管控边界。坚持最严格的耕地保护制度和最严格的节约用地制度，严格规范执行耕地占补平衡制度，对违法占用耕地“零容忍”，坚决有效遏制增量，依法有序整治存量，强化耕地数量保护和质量提升。深化生态文明体制改革，实行最严格的生态环境保护制度，健全明晰高效的自然资源资产产权制度。坚持山水林田湖草系统治理，全面提升生物多样性保护水平。完善生态保护补偿机制，推广新安江等跨流域共治共保共享经验。继续打好蓝天、碧水、净土保卫战，强化多污染物协同控制和区域协同治理，推进生态环境持续改善。推进海岸带综合保护与利用。推进海岛特色化差异化发展，加强海岛生态环境保护。

（二十二）全面推进生产生活方式绿色转型。拓宽“绿水青山就是金山银山”转化通道，建立健全生态产品价值实现机制，探索完善具有浙江特点的生态系统生产总值（GEP）核算应用体系。高标准制定实施浙江省碳排放达峰行动方案。推进排污权、用能权、用水权市场化交易，积极参与全国碳排放权交易市场。大力发展绿色金融。全面促进能源资源节约集

约利用，进一步推进生活垃圾分类，加快构建家电、汽车等废旧物资循环利用体系。深化“无废城市”建设。大力推行简约适度、绿色低碳、文明健康的生活方式，广泛开展绿色生活创建行动，促进人与自然和谐共生。

七、坚持和发展新时代“枫桥经验”，构建舒心安心放心的社会环境

（二十三）以数字化改革提升治理效能。强化数字赋能，聚焦党政机关整体智治、数字经济、数字社会、数字政府、数字法治等领域，探索智慧治理新平台、新机制、新模式。推进“互联网＋放管服”，全面推行“掌上办事”“掌上办公”。深化“一件事”集成改革。健全党组织领导的自治、法治、德治、智治融合的城乡基层治理体系，完善基层民主协商制度，推进市域社会治理现代化，建设人人有责、人人尽责、人人享有的社会治理共同体。推进“最多跑一地”改革，完善县级社会矛盾纠纷调处化解中心工作机制。

（二十四）全面建设法治浙江、平安浙江。健全覆盖城乡的公共法律服务体系，加大普法力度，推动尊法学法守法用法，促进公平正义，建设法治社会。构建全覆盖的政府监管体系和行政执法体系。高水平建设平安中国示范区，把保护人民生命安全摆在首位，加强社会治安防控体系建设，全面提高公共安全保障能力。建立健全覆盖各领域各方面的风险监测防控平台，健全防范化解重大风险挑战体制机制，守住不发生系统性风险底线。

八、保障措施

（二十五）坚持和加强党的全面领导。把党的领导贯穿推动浙江高质量发展建设共同富裕示范区的全过程、各领域、各环节。落实全面从严治党主体责任、监督责任，持之以恒加强党风廉政建设，不断深化清廉浙江建设，营造风清气正的良好政治生态。以正确用人导向引领干部干事创业，

落实“三个区分开来”要求，做好容错纠错工作，加强对敢担当善作为干部的激励保护。

（二十六）强化政策保障和改革授权。中央和国家机关有关部门要结合自身职能，加强对浙江省的指导督促，根据本意见有针对性制定出台专项政策，优先将本领域改革试点、探索示范任务赋予浙江，并加强对改革试验、政策实施的监督检查。根据浙江高质量发展建设共同富裕示范区需要，在科技创新、数字化改革、分配制度改革、城乡区域协调发展、公共服务、生态产品价值实现等方面给予改革授权。涉及重要政策、重要规划、重大项目的，要依法依规办理并按程序报批。有关改革政策措施凡涉及调整现行法律或行政法规的，按法定程序经全国人大常委会或国务院统一授权后实施。

（二十七）建立评价体系和示范推广机制。加快构建推动共同富裕的综合评价体系，建立评估机制，坚持定量与定性、客观评价与主观评价相结合，全面反映共同富裕示范区建设工作成效，更好反映人民群众满意度和认同感。建立健全示范推广机制，及时总结示范区建设的好经验好做法，归纳提炼体制机制创新成果，成熟一批、推广一批，发挥好对全国其他地区的示范带动作用。

（二十八）完善实施机制。健全中央统筹、省负总责、市县抓落实的实施机制。依托推动长三角一体化发展领导小组，加强对浙江建设共同富裕示范区的统筹指导，国家发展改革委牵头设立工作专班负责协调推进本意见提出的任务措施。浙江省要切实承担主体责任，增强敢闯敢试、改革破难的担当精神，始终保持奋进姿态，立足省情和发展实际，制定具体实施方案，充分动员各方力量，不断开辟干在实处、走在前列、勇立潮头新境界。重大事项及时向党中央、国务院请示报告。